Klarant Verlag

Elke Nansen ist das Pseudonym einer Autorin, die den Norden und Ostfriesland liebt. Die Nordsee, die unendliche friesische Weite, das platte Land mit seinen ganz speziellen Charakteren – diese Region hat ihren eigenen rauen Charme, hier kann Elke Nansen ihrer Fantasie freien Lauf lassen. Und so schreiben sich die spannendsten Geschichten manchmal wie von selbst … Besonders angetan haben es der Autorin die Ostfriesischen Inseln, die sie alle schon besucht hat. Als leidenschaftliche Taucherin liebt Elke Nansen die See und das Wasser. 8 Jahre hat sie im niedersächsischen Städtchen Verden an der Aller gelebt.

Elke Nansen

Tödlicher Irrglaube in Ostfriesland

Ostfrieslandkrimi

Klarant Verlag

Klarant Verlag, www.klarant.de – www.ostfrieslandkrimi.de
E-Mail: ostfrieslandkrimis@klarant.de
ISBN: 978-3-68975-284-2
1. Auflage 2025
Umschlagabbildung: Klarant Verlag

Ähnlichkeiten in dem Ostfrieslandkrimi »Tödlicher Irrglaube in Ostfriesland« mit real existierenden Personen sind rein zufällig und nicht beabsichtigt.
Klein Hauen ist ein fiktives Dorf in Ostfriesland. Es liegt in der Nähe von Greetsiel und ist dem Ort Neu Hauen nachempfunden. Bis auf Klein Hauen sind alle anderen im Roman beschriebenen Orte real, und genau dort, im echten und wirklichen Ostfriesland, spielt auch die Handlung.
Printed in the EU.

Prolog

Leipzig vor einem Jahr

»Ich liebe dich, Myra, wie soll das nur mit uns weitergehen?«, fragte Christian traurig und drehte sich zu ihr. Sie waren heute Nacht bei ihm geblieben und lagen immer noch im Bett. Die paar Stunden, die sie alleine verbringen konnten, waren einfach zu wenig für den verliebten jungen Mann. Und solche gemeinsamen Nächte gab es selten. Jetzt drohten sie ganz zu enden, außer Christian entschloss sich endlich, mit in die Kolonie zu ziehen. Sie hatte Christian nichts vorgemacht. In der Kolonie würde er mit Myra zusammen sein, doch auch dort konnte es passieren, dass Myra fortgerufen wurde. Gabriel, der Verkünder, wie sie ihn nannten, hatte Christian eindringlich gebeten, sich endlich zu entscheiden. Denn Myra konnte nicht länger ihre Liebe geben, wenn er nicht zu den Auserwählten gehörte. Die alte große Villa lag im Viertel Schleußig, nicht weit entfernt von der Kunsthochschule Leipzig. Mit dem Bus in einer Viertelstunde zu erreichen. Selbst mit dem Fahrrad war es ein Katzensprung, wenn man an der Galopprennbahn vorbei und durch den Clara-Zetkin-Park fuhr. Dies war nicht der Stolperstein, der Christian Kopfschmerzen bereitete. Er war einfach nicht religiös und das ganze Pipapo um Professor Gabriel Green ging völlig an ihm vorbei. Myra und ihre Anwärter aus der Kolonie verehrten Gabriel, und es schien, als ob er alle Lebensfragen für sie gelöst hatte. Mehr durfte Christian jedoch nicht erfahren von dem Kult, den sie da trieben. In die Lehren sollte er erst eingewiesen werden, wenn er sich entschloss, der Gruppe beizutreten.

Als ob Myra seine Gedanken gelesen hätte, sagte sie: »Komm erst einmal auf Probe, lebe vier Wochen mit uns, nimm an den Meditationen teil und lass dir von Gabriel berichten, wie er berufen wurde. Weißt du, ich war anfänglich sehr skeptisch, aber nachdem ich die Liebe dort erfahren habe, entschied ich mich ganz schnell. Es ist das einzig wahre Leben, ein Leben voller Liebe!«

Christian lächelte sie zwar an, doch es gab noch mehr, was ihn wurmte. Er drehte sich wieder auf den Rücken und starrte an die Decke. Er hatte Probleme damit, zu sehen, wie Gabriel und Myra miteinander umgingen. Christian hatte von Anfang an gewusst, dass sie zu seinen Gefährtinnen gehörte, und Myra war in der Hinsicht strikt gewesen. Myra ging völlig in dem Glauben auf, den sie lebte, und hielt das alles für normal und vor allem richtig. Professor Gabriel Green war in jeder Hinsicht eine sehr beeindruckende Person, wobei ihn manchmal eine Aura umgab, die mehr als nur menschlich wirkte. Auch wusste Christian, dass die Kolonisten, wie sie sich manchmal selbst nannten, die Polygamie tolerierten. Den Frauen und Männern der Glaubensgemeinschaft stand es frei, mit mehreren Partnern zusammen zu sein. Die nagende Eifersucht, wenn er darüber nachdachte, dass Gabriel mit Myra intim sein könnte, brachte ihn jedoch fast um. Da half es auch nichts, dass man ihm freistellte, sich jede Gefährtin in der Kolonie zu nehmen, die er sich wünschte. Jeder liebte dort jeden und genau das machte Christian verrückt. »Aber ich will dich alleine für mich!«, brach es trotzig wie bei einem Kind aus ihm heraus.

»Ich weiß nicht, wo das Problem liegt«, erwiderte Myra ruhig und verständig wie immer. »Wir sind zusammen, lieben uns, doch bei uns in der Engelsgemeinschaft lieben wir uns alle, wir gehören alle zueinander. Wenn du dich bloß endlich überwinden könntest. Zieh mit uns in die Kolonie, erfahre die Gemeinschaft erst einmal, um sie zu verstehen. Wenn du dich wirklich für die Exerzitien entscheidest, um ganz und gar einer von uns zu werden, dann sind wir immer zusammen, mein Liebster! Tief in meinem Herzen weiß ich, dass du dich dem Glauben ganz verschreiben wirst, wenn du ihn erst einmal erfahren hast. Denn du hast eine tiefe Ausstrahlung in dir, du kannst in der Gemeinschaft etwas ganz Großes erreichen«, beschwor sie ihn.

»Ach Myra, wenn das alles nur so einfach wäre!«

In dem Moment biss sie sich auf ihre Unterlippe und der Ausdruck auf ihrem hübschen Gesicht wurde kummervoll. »Wenn du dich nicht entscheiden kannst, befürchte ich, wirst du mich verlieren. Ich kann nicht mit einem Ungläubigen zusammen sein, auch wenn ich dich noch so sehr liebe«, erwiderte Myra mit einer Stimme, die ihn rührte und gleichzeitig dahinschmelzen ließ. Es war, als hätte er plötzlich keinen eigenen Willen mehr, als würde die Liebe selbst zu ihm sprechen.

Er drehte sich wieder zu ihr, sah in ihre schönen dunkelbraunen Augen und strich ihre Lockenpracht zurück. Irgendetwas strahlte sie aus, denn alles an ihr war perfekt. Selbst ihr Geruch, der nach einer durchliebten Nacht auf ihrer zarten Haut lag, war ein Aphrodisiakum. Myra hatte die Schönheit einer antiken Göttin. Und ihr Name bedeutete in so vielen Sprachen etwas ganz Besonderes. Übersetzen konnte man ihren Namen als Wunder, Licht und sogar als Geliebte. Ja, sie war seine Geliebte, noch nie hatte er für eine Frau derart empfunden, und wenn er dafür in Gabriels Verein eintreten und umziehen musste, würde er es tun. Jedenfalls nickte er und erwiderte: »Okay, ich ziehe raus zu euch. Ich probiere es, aber nur, wenn wir dort zusammenwohnen, uns ein Zimmer teilen.«

»Wir können jede Nacht beisammen sein, wenn wir das wollen«, bestätigte sie. »Wir werden gemeinsam meditieren, arbeiten, malen und leben wie im Himmel. Du müsstest das Projekt sehen, das Gabriel plant. Eine Kolonie auf dem Land, mit Tieren, eigener Versorgung und einem wunderbaren Tempel. Christian, unser Leben wird von Liebe, unserer Liebe, bestimmt.« Dann richtete sie sich freudig auf. »Komm, zieh dich an, wir gehen zur Uni und sagen es Gabriel, er wird sich so sehr freuen!«

Christian nickte. »Na gut, aber vorher möchte ich, dass wir uns noch einmal lieben, um den Bund zu besiegeln«, sagte Christian und sprang aus dem Bett. »Entschuldige mich für einen Moment«, sagte er voller Vorfreude und verschwand im Bad.

Myra seufzte leise und steckte sich eine Zigarette an. Sie nahm ihr Handy vom Nachttisch und tippte auf die einzig wichtige Kurzwahl darin.

»Ja, meine Liebste, was gibt es?«, hörte sie seine raue, dunkle Stimme am anderen Ende.

Unwillkürlich verdoppelte sich ihr Herzschlag. »Mein Liebster, Verkünder, ich habe ihn so weit. Er wird zu uns ziehen, du musst alles vorbereiten. Wenn ich erst einmal ein Zimmer dort mit ihm teile, wird er alles tun«, sagte sie leise, damit kein Ton im Badezimmer ankam. Wie sehr sie sich nach einem liebevollen Wort von ihm verzehrte. Lediglich Gabriel wusste, wie groß ihre Liebe war und immer sein würde. Für ihn und nur für ihn.

»Myra, du bist einfach meine beste Fischerin, Haniel, mein Licht! Bloß du verkörperst die Fähigkeit, Menschen für Dinge zu öffnen, die nicht mit dem Auge wahrzunehmen sind. Du bist meine Heilerin, meine Mondgöttin und Expertin in der Liebe«, erwiderte er erfreut und beendete das Gespräch. *Ja*, dachte sie, *das bin ich. Dein Licht, dein einziges Licht*. Und daher störte sie es nicht, ihren Körper für Gabriel zu verschenken. Christian war wenigstens ein netter und gut gebauter Junge, da hatte sie in den Vereinigten Staaten schon ganz andere am Wickel gehabt.

In dem Moment kam Christian wieder aus dem Badezimmer. Ihr wehte der maskulin herbe Geruch des Duschgels entgegen, das er immer benutzte. Nachdem er kurz unter die Dusche gesprungen war, hatte er sich jetzt ein Handtuch um seine schlanken Hüften gebunden. *Wenigstens sind diese Krauts saubere Menschen*, schoss es Myra durch den Kopf. Sie drückte die Zigarette aus und lockte ihn mit ihrem Finger zu sich. Als er bereits sehr erregt neben ihrem Bett stand, zog sie das Handtuch herunter und den jungen Mann in ihr Bett.

Kapitel 1

»Anette, bringst du bitte noch die Sahne mit? Ich hab die Schale bereits neben den Kühlschrank gestellt«, rief Rike aus dem Wohnzimmer und verfrachtete ihre sechzehn Monate alte Tochter in den Hochstuhl. Neben Sofia saß Max in einem weiteren Hochstuhl und klopfte ungeduldig mit dem Plastiklöffel auf sein Tablett. Maximilian Schorlau, wie sein vollständiger Name lautete, war der gleichaltrige Sohn von Philipp und Silvia. Die beiden waren nicht nur die besten Freunde von Rike Waatstedt und Richard Faber, sie waren auch alle im weitesten Sinne Arbeitskollegen. Richard Faber war der Erste Kriminalhauptkommissar der Kripo in Emden, und seine Frau Rike arbeitete dort für ihn im Rang einer Kommissarin. Doktor Philipp Schorlau hingegen war mit seiner Frau aus Oldenburg zu Besuch, wo er das kriminalforensische Labor leitete, in dem Silvia nach ihrer Elternzeit ebenfalls wieder beschäftigt war. Richard, den alle Faber nannten, war gerade dabei, jedem seiner Familie und den Gästen ein Stück Rhabarberstreuselkuchen auf die Teller zu heben. Knut, Rikes Großvater, hatte heute Morgen zusammen mit seiner neuen Freundin gebacken. Obwohl Knuts Enkelin und sein Jung, wie er Faber immer nannte, Anette schon länger kannten, wurde sie erst heute der befreundeten Familie Schorlau vorgestellt.

Dass sich Opa Knut mit stolzen zweiundachtzig Jahren überhaupt noch eine Partnerin angelacht hatte, war besonders für seine Enkelin Rike gewohnheitsbedürftig gewesen. Faber hatte über die Eifersucht seiner Frau gelacht und sich aus allen Spekulationen rausgehalten. Vor allem, wenn Rike ihn abends im Bett fragte, wie wohl Opas Liebesleben aussah. Außer schmunzelnd den Kopf zu schütteln, hatte sich ihr Mann nur zum Schlafen umgedreht. Und bevor er ihr eine gute Nacht wünschte, meinte er, dass er das gar nicht wissen wolle.

Anette de Berger war eine sehr gepflegte Dame, der man die siebzig Jahre nicht ansah. Ihr Name de Berger wurde mit einem e am Ende gesprochen und klang in etwa wie Berjsche. Sie hatte ihnen erzählt, dass ihre Ahnen aus dem Anjou in Frankreich stammten und ursprünglich einmal zum französischen Adel gehört hatten. Jedoch bestand Anette darauf, dass ihr Teil der Familie zu dem verarmten Zweig gehörte, der damals vom König nicht mehr anerkannt worden war. Das behauptete sie jedenfalls, wobei Faber seine Zweifel hatte. Denn wie verarmter Adel wirkte Anette nicht. Sie hatte Stil, war gebildet und besaß wohl auch ein recht gutes Auskommen. Jedenfalls, wenn man Knuts Erzählungen über die Villa in Hanstedt bei Uelzen, in der Lüneburger Heide, glaubte. Ein richtiges Landhaus mit Pool und allem Schickimicki, wie Knut es nannte. Morgen früh jedenfalls würde Opa mit Anette dorthin aufbrechen und Benny mitnehmen. Der Kleine konnte es gar nicht abwarten, in dem Pool zu planschen. Und da Benny nach diesem Sommer in die Schule gehen würde, sollte er ruhig den zusätzlichen Urlaub mit Opa und Anette genießen. Der Hauptkommissar würde mit seiner Familie und der Familie Schorlau erst im Juli nach Langeoog fahren. Dort hatte Knuts bester Freund ein großes Haus, das er ihnen einfach überließ. Doch bis dahin waren es noch einige Wochen. Daher tat es dem Kleinen gut, jetzt mit Knut und Anette Ferien zu haben.

Was jedoch Anettes Hintergrund betraf, hatte Faber Rike strikt verboten, über die Polizeidatenbanken Erkundigungen einzuholen. Ob sich seine Frau daran gehalten hatte, wusste er nicht so genau. In letzter Zeit hatte Rike sich wenigstens mit Opa Knuts zweitem Frühling immer mehr angefreundet. Das lag vor allem daran, dass die kinderlose Witwe ihren sechsjährigen Sohn Benny und die kleine Sofia von Herzen liebte. Und da es bei den Kindern auf Gegenseitigkeit beruhte, war sich die Kommissarin sicher, dass Anette de Berger ein guter Mensch sein musste.

»Nun, wer möchte Sahne?«, fragte Anette, als sie aus Rikes Küche in das Ess- und Wohnzimmer trat. Sie trug ein fliederfarbenes Sommerkleid mit passendem Nagellack und auch Lippenstift. Dabei sah die ältere Dame keinen Moment schrill oder overdressed aus.

»Mäxi, Mäxi haben«, krähte Philipps Spross, der nicht nur die Verfressenheit seines Vaters geerbt hatte. Wenn es darum ging, sich in den Mittelpunkt zu rücken, stand er dem lieben Doktor in nichts nach. Sofia, Fabers Tochter, die alle Fia nannten, sah Maximilian in den Momenten immer mit ihren großen blauen Augen an, als wäre er ein Weltwunder. So, als müsse sie entscheiden, ob sein Geschrei ihr behagte. Doch seine extrovertierte Art schien ihr zu gefallen, denn vor lauter Vergnügen fing sie jedes Mal an zu lachen. Das wiederum stachelte Max dazu an, sich gleich noch einmal lautstark zu melden. Während Anette den beiden einen winzigen Klecks Sahne zum Baby-Zwieback auf die Plastikteller gab, versuchte Silvia ihren Sohnemann etwas zu beruhigen.

Benny schob sich währenddessen auf den Schoß seines Papas. Er war mittlerweile sechs Jahre alt, und auch wenn er nicht Rikes leibliches Kind war, liebte er seine Mama innig. Normalerweise war Benny Fias Mittelpunkt, denn sie vergötterte ihren großen Bruder. Wenn jedoch Mäxchen in der Nähe war, hatte seine Schwester andere Prioritäten. Da tat Benny dann gut daran, mal bei Papa auf dem Schoß zu sitzen und den Babyquatsch, den die beiden veranstalteten, mit einem erwachsenen, kritischen Bruderblick zu betrachten.

Endlich setzte sich auch Anette neben ihren Knut und häufte ihm gleich zwei Löffel von der geschlagenen Sahne auf seinen Kuchen. Knut und Anette passten irgendwie gut zusammen. Sie waren beide kleine Menschen, die nicht einmal die Ein-Meter-siebzig-Grenze erreichten. Während Knut einen gemütlichen kleinen Bauch vor sich herschob, war Anette weder schlank noch besonders kräftig. Natürlich fiel es der ganzen Familie auf, dass Knut immer, wenn seine Freundin im Haus war, mehr Wert auf seine Kleidung legte. Anstatt der ollen Cordhose mit Fischerhemd, der Strickjacke und seiner Kapitänsmütze trug er durchweg elegantere Sachen. Eine Sommerhose und ein weißes Hemd mit Manschettenknöpfen war das Mindeste. Außerdem war er immer frisch rasiert und roch nach einem teuren Aftershave. So präsentierte sich der neue Opa Knut. Besonders Benny hatte anfänglich Schwierigkeiten mit dem neuen Look seines Opis. Wenn die beiden jedoch wieder alleine waren, kuschelte sich Benny auf

Knuts Schoß nur zu gerne an die alte Strickjacke seines Opas, die ganz latent nach dem Vanilletabak seiner Pfeife roch.

Nachdem erst einmal alle angefangen hatten, den leckeren Blechkuchen zu verspeisen, war es eine ganze Weile still am Tisch. Jedenfalls so lange, bis der Baby-Zwieback gemümmelt und die Sahne von den Kleinsten geschleckert war. Dann wurde es ihnen nämlich langweilig. Silvia brachte Mäxchen und Fia schnell auf ihre Spieldecke mit den Bauklötzen, bevor ihr Sohn vor Ungeduld Rabatz machen konnte. Auch Benny verdrückte sich nach einem Stück Kuchen raus in den Garten zu seinen Hühnern. Das zahme Federvieh verhielt sich bei dem Jungen fast wie kleine Hunde. Sie liefen ihm überallhin nach, und er hatte einer Henne sogar das Apportieren eines kleinen Stöckchens beigebracht.

Der Nieselregen hatte heute Nachmittag endlich aufgehört. Der Sommer ließ dieses Jahr auf sich warten und richtig heiße Tage hatte die Krummhörn in diesem Juni noch nicht gesehen. Daher saßen sie alle im Wohnzimmer. Anette legte ihre Kuchengabel ab und trank einen Schluck Tee, den sie einem Kaffee vorzog. »Da wir gerade so zusammensitzen, würde ich gerne mal etwas mit euch besprechen«, sagte sie zögerlich. Knut legte aufmunternd seine Hand auf die ihre. Rike schluckte sichtlich, und Faber verschluckte sich fast an dem heißen Kaffee, als er das Gesicht seiner Frau sah. Er erkannte genau, was Rike dachte. Sie hatte wohl Befürchtungen, dass Anette Knut ehelichen wollte.

Und kaum hatte er den Gedanken geformt, preschte Philipp vor. »Ihr wollt doch wohl nicht …?«, gab er zum Besten.

»Philipp, holl dien Beck to blarren! Un höör eerst maal to«, unterbrach ihn Knut, indem er ihn anwies, den Mund zu halten und zuzuhören. Hätte Philipp näher an Opa gesessen, hätte er wahrscheinlich auch noch einen Karnickelfangschlag ins Genick kassiert. »Red man, Anettchen, lass dich nicht aus dem Konzept bringen. De Jung is immerto wiesnöösig!«

»Naseweis ist aber ein nettes Wort für Philipps schlechte Umgangsformen«, meinte Faber schadenfroh und grinste seinen Freund an. Die beiden waren zwar die besten Freunde, die füreinander durchs Feuer gehen würden und das bereits getan hatten, dennoch war ihr Umgangston recht ruppig.

»Es geht um den Patensohn meiner liebsten Freundin«, fuhr Anette fort, und Rike entspannte sich erst in dem Moment. Faber schmunzelte und schüttelte ganz leicht den Kopf in Rikes Richtung, was sie mit einer Schnute quittierte.

»Ihr seid Polizisten und ich würde gerne eure Meinung hören«, meinte Anette jetzt selbstbewusster, als hätte sie endlich Mut gefasst, über ihr Anliegen zu reden.

»Natürlich, erzähl nur, wir hören uns das gerne an«, bestärkte Faber sie fortzufahren. Er sah auf die beiden Babys, die sich mit den Lego-Duplo-Steinen sehr zu amüsieren schienen. Die Steine des Baby-Legos waren zu groß, um sie zu verschlucken. Fia fand es anscheinend total witzig, einen Stein an Maximilians Mund zu halten, der dann mit seinen Milchzähnchen daran rumschabte, als wäre er eine Nutria. Auf jeden Fall waren die beiden so beschäftigt, dass sie noch nicht einmal unterbewusst etwas von dem Gespräch mitbekamen.

Anette nickte und holte tief Luft. »Wisst ihr, Christian, Christian Färenfell, ist ein sehr sensibler Junge. Er ist das über alles geliebte Patenkind meiner Herzensfreundin und ich kenne ihn ebenfalls seit seiner Geburt. Der Wunsch seines Vaters war, dass er in dessen Fußstapfen tritt und einmal das erfolgreiche Architektenbüro in Soltau übernimmt. Doch der Junge brach das Studium der Architektur nach drei Semestern lustlos ab. Wer weiß, was aus ihm geworden wäre, wenn Ursula, seine Patentante, nicht interveniert hätte. Sie wusste von Anfang an, dass Christians Traum ein richtiges Kunststudium war. Er liebt nun einmal die Malerei. Ursula hält ihn für sehr talentiert. Rüdiger, Christians Vater, gab klein bei. Er stellte nur die Bedingung, dass Christian an der renommierten Kunsthochschule in Leipzig angenommen wird. In dem Fall würde er das Studium auch finanzieren. Ihr müsst wissen, neben Berlin, Düsseldorf und München ist die Hochschule in Leipzig eine der Topuniversitäten, um Kunst zu studieren. Christians Vater rechnete damit, dass sein Junge jetzt erst einmal ein Jahr an einer Künstlermappe arbeiten müsse, damit er sich bewerben konnte. In einem Jahr konnte viel passieren, dachte Rüdiger wohl. Doch da kannte er seinen Sohn schlecht. Die Mappe war innerhalb einer Stunde zusammengestellt, aus all den Zeichnungen, Kollagen und Lithografien, die Christian sein ganzes Leben lang angefertigt hatte.«

»Und er wurde mit Kusshand genommen«, sagte Knut, der die Geschichte natürlich schon kannte. »Die Hochschule hielt ihn für enorm talentiert und er bekam sofort einen Studienplatz«, führte Opa weiter aus und nickte Anette zu. Währenddessen bediente sich Philipp an seinem vierten Stück Kuchen und Faber goss allen noch einmal Kaffee und Tee nach.

»Alles lief sehr gut für den Jungen, bis er im letzten Semester kurz vor seinem Diplom die Uni verließ, sein gesamtes Konto leer räumte und in eine Art Künstlerkolonie zog. Das ist etwa ein Jahr her. Allein Ursula hatte ihm dreißigtausend Euro für ein Atelier überwiesen, das er sich nach dem Diplom in Leipzig einrichten wollte. Und Rüdiger berichtete uns, dass der Junge weitere Ersparnisse in Höhe von ungefähr siebzigtausend Euro hatte.« Anette atmete frustriert aus. »Seinen Eltern schrieb er, dass er die Erfüllung seines Lebens gefunden hätte und mit dem spirituellen Führer und der Gemeinschaft aus Malern, Bildhauern und geistigen Gelehrten leben wolle. Natürlich ließ Rüdiger das nicht auf sich sitzen und fuhr dort hin, zu dieser sogenannten Künstlerkolonie. Man ließ ihn nicht auf das Gelände und behauptete, Christian wolle ihn nicht sehen. Rüdiger kann sehr massiv sein, er drohte mit der Polizei, wenn er seinen Sohn nicht sehen könne. So erlaubte man Christian, ans Tor zu kommen. Der Junge war schmal geworden und wirkte wie ein Fremder. Sein Vater konnte ihn weder überzeugen mitzukommen noch sein Studium wieder aufzunehmen. Rüdiger regte sich furchtbar auf, redete davon, dass der Junge regelrecht besessen war von diesen Leuten. Er ging sogar zur dortigen Polizei, der die Künstlerkolonie nicht unbekannt war.«

»Du meinst die Kollegen in Leipzig«, vergewisserte sich Rike.

»Genau die«, bestätigte Anette. »Rüdiger war wohl nicht der erste Vater, der dort erschien, es lag jedoch nichts gegen die

Gemeinschaft vor. Vor allem, weil ihr spiritueller Führer ein anerkannter Gastprofessor war, ein gewisser Professor Gabriel Green von der Cambridge-Universität in Massachusetts. Die MAAD, Massachusetts Academy of Art and Design, ist einer der fünf besten Kunsthochschulen der Welt. Die haben eine Aufnahmerate von fünf Prozent und nehmen ein Vermögen an Studiengebühren«, erklärte sie weiter.

Philipp kräuselte die Stirn. »Warum sollte ein Professor solch eine Elite-Uni in den USA verlassen, um ausgerechnet in Leipzig eine Gastprofessur zu übernehmen?«, fragte er skeptisch.

»Gute Frage«, erwiderte Knut und sah Anette an.

»Scheinbar hatte man dem Mann, der auch in der Welt der Malerei einen guten Ruf als Künstler hat, nahegelegt, die MAAD zu verlassen. Es gab wohl Gerüchte, dass er unziemliche Verhältnisse gleich mit mehreren Studentinnen hatte. Man konnte wohl nichts beweisen. Der Druck einiger reicher amerikanischer Eltern von Studenten führte jedoch zu einer, ich nenne es mal, wohlwollenden Trennung. Anscheinend hatten sich mehrere Studentinnen und Studenten Greens Gemeinschaft angeschlossen und ihre Studienfonds dort mit eingebracht. So kam der Professor mit erstklassigen Referenzen der MAAD in Leipzig an. Denn er verließ die USA nach dem Eklat. Und als Kind einer Amerikanerin und eines Deutschen in den USA geboren, hat Green die doppelte Staatsbürgerschaft. Daher konnte er jederzeit in Leipzig arbeiten.« Anette sah Faber an, der sie fixierte.

»Sag mal, Anette, woher weißt du das alles?«, fragte er interessiert. »Das sind eigentlich keine öffentlich zugänglichen Informationen!«

»Jetzt lach mich bitte nicht aus«, meinte sie ernst. »Als die Leipziger Polizei nicht helfen konnte, haben Ursula und ich etwas unternommen. Nachdem man uns ebenfalls nicht in die Kolonie ließ, um Christian zu sehen, haben wir entschieden, einen Privatdetektiv anzustellen. Die Polizei konnte ja nichts machen. Es kostete uns zwar ein bisschen, doch weder Ursula noch ich wurden arm dadurch.«

Opa nickte. »Zeig ihnen mal die Fotos«, forderte er sie auf.

Anette kramte in ihrer Handtasche, die über dem Stuhl hing. Sie holte einen A5-Briefumschlag heraus und zog einen Stapel Fotografien hervor. Das erste Foto war ein Porträtbild eines jungen hübschen Mannes. Er lächelte breit und glücklich in die Kamera. Seine dunklen Locken fielen ihm verwegen in die Stirn und es machte den Eindruck, er wolle die ganze Welt umarmen. Jeder am Tisch sah sich das Porträt an. »Das war sein Bewerbungsfoto für Leipzig. Er schwebte damals auf Wolke sieben.« Dann reichte sie ein paar Fotos herum, auf denen Christian neben einigen richtig guten Gemälden stand und stolz in die Kamera blickte.

»Sind das seine Werke?«, fragte Silvia, die sich mit Kunst recht gut auskannte.

»Ja«, erwiderte Anette. »Schon während der ersten Semester holte er Preise und Auszeichnungen mit seinen Werken.«

»Meine Güte, der Junge ist wirklich begabt. Aus ihm kann mal ein ganz großer Maler werden«, sagte Philipps Frau verzückt und betrachtete die anderen Fotos.

»Begabt ist er sicher immer noch«, meinte Anette. »Aber wenn ihr die wenigen Fotos seht, die der Privatdetektiv damals gemacht hat, kann man sich nicht vorstellen, dass er überhaupt noch einen Pinsel halten kann«, sagte sie traurig und reichte anschließend einen weiteren Stapel Bilder an Faber weiter.

»Gotts verdori«, fluchte er laut und Fia und Maximilian blickten erstaunt auf. Fia hörte ihren Papa sonst nie laut werden und schien über seinen Tonfall etwas erschrocken. Sogleich wurde sich Faber dessen bewusst und lachte die beiden Babys an, die dann wieder zufrieden Duplos durch die Gegend schmissen, um ihnen hinterherzukrabbeln. Als Faber den Stapel durchgesehen hatte und an Rike weitergab, verstand sie seine Reaktion sofort. Auf den Bildern, die definitiv mit einem Weitwinkelobjektiv geschossen worden waren, sah man einen bis auf die Knochen abgemagerten jungen Mann. Er trug ein cremefarbenes Leinenhemd und eine lockere Baumwollhose in Purpur, das man auch als Dunkelviolett bezeichnen konnte. Von dem glücklichen, gesunden jungen Mann, der Christian einmal gewesen war, gab es auf dem Foto nichts mehr zu sehen. Auf einem anderen Foto sah man noch weitere junge Leute. Auch sie trugen die gleichen hellen Leinenhemden und Hosen oder lange Röcke in demselben Violettton.

»So was nennt man lebensgefährliches Untergewicht«, fasste Schorlau zusammen. »Der Junge sieht aus, als hätte man ihn gerade aus einem KZ befreit.« Philipp war für seine knallharten Vergleiche bekannt, doch selbst Rike musste zugeben, dass er dieses Mal nicht übertrieben hatte. Die Wangen des Jungen waren derart eingefallen, dass sich seine Gesichtshaut über die Wangenknochen und die Kinnpartie spannte. Selbst seine Augen wirkten riesig in dem abgemagerten Gesicht.

»Weißt du, was mit ihm passiert ist?«, fragte Silvia, die Dinge eher nüchtern betrachtete.

Anette schüttelte den Kopf. »Nein, der Privatdetektiv bekam ihn bloß ein paar Mal vor die Linse. Er fand zwar eine Menge über diesen Gabriel raus, aber nichts weiter über Christian.«

Faber stand nachdenklich auf und ging zum Wohnzimmerschrank. Als er an den spielenden Babys vorbeikam, bückte er sich und drückte seiner Tochter einen Kuss auf ihre Apfelbäckchen. Anschließend kitzelte er Maximilian, bis der sich quiekend vor Freude rumkugelte. Am Wohnzimmerschrank angekommen, öffnete er die Schranktür und griff nach der Flasche Armagnac. Er hatte den 1978er Bas-Armagnac Vaghi des Hauses Baron de Sigognac von Rike zum Geburtstag bekommen. Normalerweise erlaubte er sich sehr selten und dann nur mit Knut mal ein Gläschen. Doch irgendwie war ihm das Schicksal des jungen Mannes an die Nieren gegangen und er wollte sich ein Glas gönnen.

»Ist das der Sigognac, den du da anbietest?«, fragte Schorlau mit glänzenden Augen, und Opas Miene erhellte sich in dem Moment ebenso.

»Ausnahmsweise tu ich das. Nach den Fotos brauche ich eine Stärkung. Wer möchte noch einen?«, erkundigte er sich. Anette gesellte sich zu den drei Männern, auch sie brauchte einen Schluck, um das Thema weiter diskutieren zu können. Rike und Sylvia passten. Philipp ließ es sich nicht nehmen, die großen Cognacschwenker mit heißem Dampf aus der Kaffeemaschine zu erwärmen, und übernahm es, ihnen ein Glas des edlen Getränks zu kredenzen.

Philipp war ein echter Connaisseur und Gourmet. Bei Essen, Wein oder Spirituosen konnte man jedem seiner Ratschläge blind folgen. Daher hatte er Faber zum Geburtstag sechs große Cognacschwenker aus Kristallglas geschenkt. Sein Originalkommentar dazu war gewesen: »Einen guten Armagnac, mein Lieber, trinkt man nun einmal aus großen angewärmten Schwenkern und nicht aus Tulpengläsern, die darauf warten, mit Eierlikör befüllt zu werden.« Daher freute sich Faber jetzt darauf, die neuen Cognacschwenker auch endlich einzuweihen. Schorlaus Nase hing bereits tief im Glas und er konnte, nachdem der Alkoholgeruch etwas verflogen war, Holz, Vanille und sogar ein bisschen Haselnuss riechen.

Nachdem Faber einen großen Schluck des sanften Armagnac über seine Zunge hatte gleiten lassen, war er wieder in der Wirklichkeit angekommen. »Weißt du, Anette, so wie der Junge aussieht, denke ich, die Leipziger Polizei könnte vielleicht doch etwas machen«, sagte er und wandte sich an Philipp. »Wenn du als Mediziner schon der Meinung bist, dass es sich um ein lebensgefährliches Untergewicht handelt, könnten die Kollegen den Jungen da vielleicht rausbekommen und in ein Krankenhaus bringen, oder?«

»Na ja«, erwiderte Philipp. »Wenn der Staatsanwalt bereit wäre, aufgrund eines Fotos einen Beschluss für eine Einweisung in ein Krankenhaus zu unterstützen. Und der zuständige Richter müsste dem zustimmen und ebenfalls unterschreiben. Ich kenne die in Leipzig nicht, vor allem weiß ich nicht, wie genau die sind. Denn Zwangsernährung ist eine verdammt heikle Sache!«

»Wenn er denn noch in Leipzig wär, mien Jung«, meldete sich statt Anette Opa zu Wort. »Kurz nachdem der Privatdetektiv die Fotos abgeliefert hat, meldete der Mann sich erneut bei Anette. Aber erzähl du man besser.«

Anette trank einen zweiten Schluck und meinte: »An der Kunsthochschule in Leipzig sorgte der Professor, dieser Herr Green, ebenfalls für Aufruhr. Man entzog ihm die Gastprofessur. Anscheinend gab es dort die gleichen Gerüchte wie in den Staaten, dass er mit verschiedenen Studentinnen Verhältnisse hatte. Außerdem verließen genau wie Christian auch andere Studenten plötzlich die Uni und schlossen sich seiner Künstlerkolonie an. Und dann vor ein paar Monaten zog der ganze Clan von Leipzig hierher nach Ostfriesland. Green hatte wohl bereits vor zwei Jahren eine alte Kartoffelfarm in der Nähe von Marienhafe im Brookmerland, genau gesagt in der Samtgemeinde Brookmerland, gekauft. Er ließ dort ein enormes Künstler-Resort bauen, das rechtzeitig für den Umzug fertig war. Die Künstlerkolonie mit all ihren Mitgliedern ist gerade mal achtzehn Kilometer von hier entfernt«, meinte sie empört.

»Umso besser«, erwiderte Faber gelassen. »Dann besorg uns doch bitte den Bericht deines Privatdetektivs. Wir schauen uns die Sache morgen erst einmal ganz in Ruhe an.«

***

Philipp und Silvia waren erst sehr spät aufgebrochen. Das lag zum einen daran, dass Silvia Fia mitnahm, weil sie mit den beiden Kleinkindern eine Woche zum Babyschwimmen in Oldenburg gehen wollte. Dort gab es Kurse für verschiedene Altersstufen. Max hatte bereits den ersten Babyschwimmkurs hinter sich gebracht und war eine richtige Wasserratte. Fia war eher zögerlich, wenn sie mit ihrem Papa in Schorlaus Pool musste. Daher hatte Silvia vorgeschlagen, Fia mitzunehmen und beide für den hervorragend organisierten Schwimmkurs anzumelden. Und ein Baby mehr oder weniger war im Hause Schorlau kein Problem. Silvia hatte eine Nanny, die den ganzen Tag nach Mäxchen sah, wenn sie arbeitete. Da wäre Fia ebenfalls in guten Händen. Außerdem war Maximilian wesentlich ruhiger und schlief besser, wenn Fia bei ihm war. Es passte natürlich sehr gut in die Planung, da Benny ebenfalls ab morgen mit Opa in die Lüneburger Heide in Anettes Haus fahren würde. So hatten Faber und Rike eine kinderfreie Woche vor sich. Auch wenn sie arbeiten mussten, hatten sie sich vorgenommen ein wenig auszugehen, vielleicht ein

Theater oder Kino zu besuchen und definitiv ein schönes Restaurant.

Faber lag gegen elf Uhr grüblerisch in seinem Bett und wartete darauf, dass Rike aus dem Bad kam. Er musste an Philipp denken. Bevor sein Freund Vater wurde und überhaupt verheiratet war, besuchte er sie ständig in Klein Hauen. Ihr Heim war ihm ein zweites Zuhause geworden und er ein Teil der Familie. Selbst Opa Knut hatte ihn irgendwie adoptiert. Faber und Philipp sprachen des Öfteren davon, wie schnell sich alles in den letzten acht Jahren verändert hatte. Philipp hatte die Entwicklung vom kauzigen, elitären und vor allem ungeliebten Forensiker zum liebenswerten Familienvater hinter sich gebracht. Und Richard hätte nie gedacht, was ihn hier in Ostfriesland erwarten würde. Faber war damals vierunddreißig, hatte sich von seiner Verlobten in Frankfurt getrennt und sich von seinem Job in der Großstadtmetropole bei der Frankfurter Kripo verabschiedet. Zu viele Menschen hatten ihn enttäuscht und er hatte um eine Versetzung ans Ende der Welt gebeten. So landete er in Ostfriesland und hatte damals nicht gerade das Gefühl, an einem neuen Anfang zu stehen. Eher am Ende einer gescheiterten Beziehung und Karriere. Doch als er Rike kennen und lieben lernte, mit Opa Knut einen Ersatzvater fand und sich Philipp Schorlau langsam, aber sicher zum besten Freund in seinem Leben entwickelte, begann für Richard Christian Faber sein wahres Leben. Doch das größte Glück von allem waren seine beiden Kinder. Heute konnte er sich kein anderes Dasein mehr vorstellen.

Die Kehrseite, die derart viel Liebe mit sich brachte, waren seine emotionalen Fälle. Denn mittlerweile schmerzten ihn Ermittlungen umso mehr, in denen Kindern, egal welchen Alters, etwas passierte. Besonders schlimm empfand es Faber, wenn man sie ihren Familien wegriss, um Macht oder noch niedrigere Bedürfnisse zu befriedigen, oder einfach um des schnöden Mammons willen. Er wusste selbst, egal wie alt Benny und Sofia einmal sein würden, sie würden immer seine geliebten Kinder bleiben.

»Du siehst nicht glücklich aus. Ich dachte, heute fängt für uns eine Woche mit sturmfreier Bude an«, meinte Rike, als sie ins

Schlafzimmer kam. Sie trug wie immer im Sommer bloß ein längeres T-Shirt zum Schlafen. Allein ihr Anblick zauberte ein Lächeln auf das Gesicht ihres Mannes. Sie begleitete ein zarter Duft nach ihrer blumigen Creme. Rike kuschelte sich zu ihm ins Bett und gab ihm einen Kuss. »Oder vermisst du unsere Kinder schon so sehr, dass dir die Küsse deiner Frau keinen Spaß mehr machen?«

»Wenn das passieren sollte, müsste ich ernsthaft an meinem Verstand zweifeln«, erwiderte Faber und zog sie in eine leidenschaftliche Umarmung, die in einem noch leidenschaftlicheren Kuss endete.

***

Ein normaler Montagmorgen auf dem Polizeikommissariat Emden war in der Regel eine eher gemütliche Sache. Ein Morgen, an dem alle recht entspannt und ausgeruht aufs Revier kamen, nach einem Wochenende, an dem nicht wegen eines aktuellen Falls durchgearbeitet worden war. Meistens ging Tamme, der ein früher Vogel war, rüber zur Bäckerei Musswessels in den Bahnhof und besorgte je nach Gusto süßes Gebäck oder belegte Brötchen für ein gemeinsames Frühstück. Auch heute Morgen sorgte er für das leibliche Wohl.

Tamme Hehler war einer der Kommissare in Fabers Team. Sie nannten ihn meistens den Wikinger, wegen seines erdbeerroten längeren Haars, vor allem jedoch wegen seiner Statur. Der Zweimetermann brachte einiges über hundert Kilo auf die Waage, aber Fett suchte man an seinem Körper vergeblich. Daher war der muskulöse Beamte für die meisten Schurken eine Furcht einflößende Erscheinung. Seine Partnerin Kommissarin Sonja Withuus war deutsche Polizei-Karate-Vizemeisterin. Was Energie und Kampfgeist anging, stand die attraktive Blondine ihrem Kollegen nur in wenig nach. Faber nannte die beiden deshalb gern sein Spezialeinsatzkommando.

Heute Morgen half Laurien Heiligenstadt beim Eindecken und Kaffeekochen. Laurien war das ganze Gegenteil von Sonja und

Tamme. Sie war klein und zierlich wie Rike, hatte einen braunen Lockenkopf und kleidete sich immer wie eine Oberstaatsanwältin – dunkle Kostüme oder Hosenanzüge mit einer Perlenkette und den passenden Ohrringen. Unterschätzen durfte man sie deshalb nicht. Den Respekt, den sich Tamme mit seiner Statur und dem dröhnenden Bariton verschaffte, bekam Laurien mit ihren juristischen Kenntnissen. Sie hatte ein abgeschlossenes Studium der Rechtswissenschaften, sich jedoch für die Laufbahn bei der Polizei entschieden. Laurien war im Team das Bindeglied zwischen den Staatsanwälten und Richtern. Außerdem hatte sie ein Händchen für Recherchen.

Als der Chef mit Rike ankam, war die Tafel bereits gedeckt und der Kaffee aufgebrüht. Auch hatten sich die beiden Letzten des Teams, die Polizeimeister Friedhelm Steiner und Torben Husman, eingefunden. Die beiden waren waschechte Ostfriesen, genau wie Rike, und gemeinsam am längsten auf dem Revier in Emden. Mit ihren fünfzig und neunundvierzig Jahren waren sie die Ältesten im Team, während die Kommissare inklusive des Chefs um die vierzig Jahre alt waren. Dass beide immer noch Polizeimeister waren und ganz bewusst in Uniform ihren Dienst verrichteten, lag einfach an ihrer Einstellung. Karriere war ihnen nie wichtig gewesen, sie hatten ihr Auskommen, ihren Stolz, Polizisten zu sein, und mehr brauchten die beiden ostfriesischen Urgesteine nicht.

»Moin, ji goode Minsken«, sagte der Hauptkommissar, der nach den vielen Jahren das Platt fast fehlerfrei beherrschte.

»Habt ihr das gehört, er hat uns gute Menschen genannt. Daran erinnere ich ihn, wenn mal wieder was in die Hose geht!«, nahm Tamme ihn in gestelztem Hochdeutsch auf den Arm. »Moin, du allmachtiger Chef!«, fügte er an.

Faber machte eine Schnute und zog seine Wildlederjacke aus. »Es mag ja allmächtige Chefs geben, auf diesem Revier bin ich hingegen eher geduldet«, erwiderte er und ging sofort zur Kaffeetafel, um sich das mit Ei, Remoulade und Salat belegte Mohnbrötchen zu schnappen. Er liebte dieses belegte Brötchen und jeder wusste das. Daher hatte Tamme es auch extra für den Chef mitgebracht. Und obwohl keiner sich daran vergangen hätte, fühlte sich Faber wohler, wenn es bereits auf seinem Teller lag. Rike und er hatten zu Hause nur einen Espresso getrunken und waren dann direkt nach Emden gefahren. Mit der Verabschiedung von Knut, Anette und vor allem Benny heute Morgen war mehr Zeit ins Land gegangen als erwartet. Und jetzt hatte Faber Smacht, wie die Ostfriesen einen Bärenhunger nannten. Als alle am Kauen waren und sich gefräßige Stille über das Großraumbüro der Kripo senkte, hob Rike ihren Kopf.

»Hört mal her«, meinte sie zwischen zwei Bissen. »Wir haben da gestern etwas erfahren, dem wir eventuell nachgehen sollten. Es gibt aber weder eine Anzeige noch eine rechtliche Handhabe«, begann sie und erzählte ausführlich, was sie gestern von Anette und Knut über diese Künstlerkolonie erfahren hatten. Erst als alle Teller leergeputzt waren, zeigte sie die Fotos von Christian. Bei dem Anblick des halb verhungerten jungen Mannes wäre sonst dem einen oder anderen der Bissen im Hals stecken geblieben.

»Gotts verdori«, fluchte Friedhelm auch sofort. »Kriggt de Jung daar nix to freeten?«

»Das wissen wir nicht. Gemäß den Aussagen seines Vaters, der ihn in Leipzig das letzte Mal gesehen hat, ist er freiwillig bei der Gruppe und hat auch sein ganzes Geld dieser Künstlerkolonie überschrieben«, erwiderte Faber, als er den letzten Bissen seines Mohnbrötchens endlich verschlungen hatte.

»Vielleicht gehört es zu den Aufnahmeriten, erst einmal zu fasten. Wir haben bisher keine Ahnung, was für eine Vereinigung diese Kolonie ist. Vielleicht spielt bei diesen Künstlern etwas Religiöses mit, ähnlich wie bei einer Sekte. Ist alles möglich«, steuerte Rike wieder bei.

»Sekte umschreibt es wohl ganz gut. Sieh dir mal die lila Hosen und Röcke an und dazu diese hellen Leinenhemden mit Knopfleiste. Eine Art Uniform wie das Orange der Bhagwans«, kommentierte Tamme.

»Das haben die Bhagwans von den Indern geklaut, dort ist das Orange und das Rot den vornehmlich als heilig betrachteten Asketen vorbehalten«, steuerte Laurien bei. »Diese ganze Chose von einheitlicher Kleidung bei solchen Sekten hat psychologisch sowieso nur mit Unterwerfung und Erkennung zu tun. Den Mitgliedern hat man verkauft, dass sie erst dazugehören und stolz sein können, wenn sie die Farben der Sekte tragen dürfen. Meistens müssen sie dafür sogar ein Initiationsritual durchlaufen oder irgendeinen Blödsinn machen. Geld kostet es fast immer noch zusätzlich.«

»Asketen, sagst du. Da haben wir es ja. Vielleicht ist der arme Junge auch unter die Asketen geraten. Aber warum bloß er? Die anderen auf den Fotos sehen nicht so verhungert aus«, bemerkte Torben und schlürfte seinen Kaffee. Seit der Polizeimeister sich seit einigen Tagen einen Bart stehen ließ, weil seine Frau das chic und modern fand, wirkten seine Wangen wie zwei Stachelschweine. Wenn er dann mit bewegter Miene sprach, hörte man es regelrecht kratzen.

Faber hob die Hände. »Langsam, Leute, erstens wissen wir überhaupt nicht, ob es sich um eine Sekte handelt, und zweitens ging es Rike bloß darum, mit euch zu klären, ob wir etwas unternehmen sollen«, sagte er ein wenig autoritärer, da mittlerweile alle durcheinanderredeten. Als endlich Stille einkehrte, fügte er an: »Wir haben eigentlich keine Handhabe in dem Fall. Christians Familie kann niemanden anzeigen, weil der junge Mann seinem Vater sagte, er wäre freiwillig bei diesen Leuten. Philipp meinte zwar, dass man einen Staatsanwalt eventuell überzeugen könne, dass Christians Gewicht an einer lebensgefährlichen Untergrenze ist, wir waren uns indes nicht sicher, ob der wirklich eine Verfügung ausstellt. Und beim Richter erst recht nicht.«

»Stimmt, das ist nicht einfach«, bestätigte Laurien. »Eine Zwangsbehandlung darf nur im Akutfall und zum Schutz der erkrankten Person durchgeführt werden. Solche rechtlichen Fälle wurden genau abgeklärt, als sich immer mehr magersüchtige Menschen zu Tode hungerten. Solch eine Zwangsbehandlung muss von einem Gericht ausdrücklich genehmigt werden. Sie darf ausschließlich stationär, beispielsweise in psychiatrischen Kliniken, erfolgen. Die rechtliche Grundlage dafür ist das bundesweite Betreuungsrecht oder das Unterbringungsgesetz der einzelnen

Bundesländer«, referierte sie. »Daran hört ihr schon, dass es nicht einfach wird, einen Beschluss zu bekommen. Was noch erschwerend dazukommt, ist, dass Christian wahrscheinlich nicht magersüchtig ist, sondern aus anderen Gründen so abgenommen hat. Dann sieht das rechtlich ganz anders aus, denn in dem Fall ist nicht eine psychische Krankheit die Ursache für diese lebensgefährliche Situation.«

»Auch nicht, wenn man ihm das Gehirn gewaschen hat?«, fragte Friedhelm in seinem typisch naiven Ton. Torben kratzte sich seinen Dreitagebart, dass es nur so raschelte. »Scheer di, Gott's verdori!«, schimpfte Friedhelm ihn aus.

»Mien Froo hett dat geern mögen, de Baart blieff!«, erwiderte Torben bloß.

Faber musste wieder intervenieren und erst mal für Ruhe sorgen. »Jedenfalls, wie es sich anhört, wird ein richterlicher Beschluss ein schwieriges Unterfangen. Jedoch können wir als gute Polizisten und Bürger mal bei dem Verein vorbeifahren und die zum Beispiel in Ostfriesland willkommen heißen. Vielleicht lassen sie uns ja rein, wenn wir gerne mal mit Christian sprechen wollen. Was meint ihr?«

Rike stand auf, um zusammen mit Friedhelm abzuräumen, dabei sagte sie: »Wenn du das machen willst, dann fahr mit Tamme. Denn ihr beiden groten Keerls macht allein vom Erscheinungsbild Eindruck. Außerdem scheint dieser Professor Green polygam zu leben, was wohl zu seinen Entlassungen an den Kunsthochschulen führte. Dies kann nur bedeuten, dass Frauen eine zweitrangige Rolle spielen. Da wird eine Kommissarin wahrscheinlich keine Resultate erzielen.«

»Waar se recht hett, hett se recht! Dat is mi heel na de Mütz«, gab Tamme zum Besten und stimmte Rike nicht bloß zu, sondern meinte auch, dass es ihm sehr recht war.

***

Laurien hatte Faber und Tamme die genaue Adresse der Künstlerkolonie rausgesucht, die auf Professor Gabriel Greens Namen eingetragen war. Aus den Einträgen im Grundbuch ging auch klar hervor, dass er der alleinige Besitzer des Anwesens war. Bei ihren Recherchen stellten sie fest, dass das Anwesen nicht direkt in Marienhafe lag, sondern etwa drei Kilometer südwestlich davon entfernt war.

Die beiden Beamten nahmen die Bundesstraße 210 bis Loppersum und bogen anschließend links ab auf die Loppersumer Straße, die nach Wirdum führte. Eine knappe halbe Stunde hatten sie von Emden gebraucht, bis sie links mitten in den Feldern ein sehr großes Anwesen erblickten. Von vorne wirkte es wie ein Fort. Es war mit einem hohen Palisadenzaun aus Holzbohlen geschützt, der durch ein doppeltüriges großes Tor, was natürlich verschlossen war, unterbrochen wurde. Ob das Anwesen nach hinten ebenfalls verschlossen war, konnten sie von hier aus nicht beurteilen.

»Was ist das denn, spielen die Cowboy und Indianer?«, kommentierte Tamme trocken, während Faber links von der Wirdumer Straße auf einen geteerten Weg zum Anwesen fuhr. Von vorne sah das Anwesen wirklich so aus wie die Forts in den alten Western.

»Das sieht ja aus, als handele es sich hier um Fort Knox«, erwiderte der Chef und parkte links vor dem etwa drei Meter hohen Zaun. »Ich habe an der Front bereits fünf Sicherheitskameras gezählt, drei davon fixieren uns gerade.«

Sie stiegen aus und sahen sich erst einmal neugierig um. Auch Tamme blickte hoch zu dem modernen Sicherheitssystem. Die Kameras sollten abschrecken, denn sie waren gut einsehbar. Hätte jemand es nur auf Sicherheit abgesehen, dann hätte man diskretere Überwachungstechnik benutzt. Als sie beide zu dem großen Tor gingen, drehten sich drei der Kameras mit ihnen und Tamme konnte sich einfach nicht beherrschen. Er blickte hoch, lachte breit, sodass beide Zahnreihen blitzten, und winkte dabei wie ein kleiner Junge, der freudig die Großeltern begrüßte. Faber brummte ihn von der Seite an, mit dem Mist aufzuhören. »Was denn, Chef? Polizei, dein Freund und Helfer, immer nett sein!«, verteidigte sich Tamme.

»Wenn schon Philipp nicht hier ist, um mir auf die Nerven zu gehen, vertrittst du ihn würdig«, stauchte er Tamme zusammen. Kaum hatte er das letzte Wort gegrummelt, öffnete sich eine extra Personentür, die in der großen Torzufahrt integriert war.

»Guten Tag«, meinte die bildhübsche junge Frau, die in der Tür stand. Auch sie trug einen langen lila Rock und ein leichtes cremefarbenes Leinenhemd. In ihrem langen Haar hatte sie ein lila Haarband, dessen Enden mit dem offenen Haar verflochten waren. Sie war zwar schlank, aber auf gesunde Weise, und ihr gebräuntes Gesicht und das Lächeln, das sie ihnen zeigte, strotzten nur so vor Energie. »Hübsch gewinkt haben Sie, großer Mann«, fügte sie mit einem leichten amerikanischen Akzent an.

»Haben Sie Angst, geklaut zu werden?«, haute Tamme reichlich uncharmant raus.

»Geklaut?«, fragte sie.

»Gestohlen, entwendet, entführt, gemopst, stibitzt«, meinte Tamme schneller, als Faber etwas sagen konnte. Der Wikinger hatte wohl mehr Ressentiments gegen diese Leute, als er es vorher gezeigt hatte.

»Es reicht«, beendete Faber die Scharade. »Guten Tag, wir sind von der Polizei in Emden und wollten Sie hier erst einmal begrüßen und gerne mit dem Besitzer des Anwesens, Herrn Professor Gabriel Green, sprechen. Würden Sie uns bitte zu ihm führen«, sagte Faber sehr bestimmt und machte einen Schritt auf die Frau zu. Er hatte wohl die Erwartung, sie würde zurückweichen, doch da hatte Faber sich geschnitten. Die hübsche Frau zuckte nicht mit der Wimper und wich nicht einen Millimeter von der Stelle.

»Es tut mir leid, Sie können nur auf das Anwesen, wenn Sie einen Termin mit Gabriel gemacht haben. Oder wenn wir den Tag der offenen Tür haben und natürlich für einen der Mal- und Entspannungskurse. Manchmal machen wir auch Ausstellungen, dann haben wir Publikumsverkehr«, sagte sie wie einstudiert und lächelte erneut derart verzückt, als wäre sie eine Nonne, der der Heilige Geist erschienen war.

Tamme sah sie an und entschied seine Strategie zu ändern, vor allem in Anbetracht der Sprachlosigkeit seines Chefs. »So ein schönes Mädchen und so streng?«, fragte er und ließ seine Beißerchen blitzen. »Wie heißen Sie eigentlich?«

»Sie sind sehr charmant, großer Mann. Ich bin Lilu«, sagte sie und ihr Tonfall klang sehr verführerisch.

»Ausschließlich bei einer Frau wie Ihnen, Lilu«, entgegnete Tamme und zwinkerte ihr zu. »Wenn Gabriel nicht zu sprechen ist, wie sieht es denn mit Christian Färenfell aus? Könnten wir vielleicht mit ihm sprechen?«

»Oh, Christian, nein, der ist gar nicht hier. Christian reiste kürzlich zu unserer Kolonie in die USA. Tut mir sehr leid. Warum rufen Sie nicht Gabriel an und machen einen Termin mit ihm?«, fragte sie. Dann griff sie in ihre Rocktasche und holte eine Karte heraus. Es war die Visitenkarte der Künstlerkolonie. Diese gab sie Tamme und umschloss dabei seine beiden großen Hände. »Melden Sie sich, großer Mann!«

Tamme schien verzückt und steckte die Karte in seine Hemdtasche. Er holte sein Portemonnaie heraus und entnahm ebenfalls eine Karte. »Die ist für Sie, meine schöne Lilu. Wenn mal was sein sollte und Sie benötigen die Polizei, zögern Sie nicht und rufen mich an.«

Mit einem verführerischen Lächeln schloss sie die Tür und war verschwunden. Ohne ein Wort zu verlieren, gingen die beiden Ermittler zum Audi und stiegen ein. »Verdori, wat wer dat denn?«, fragte Tamme.

Faber erwiderte nichts, bis sie auf die Landstraße abbogen. Erst als sie wieder auf der Wirdumer Straße waren, dieses Mal jedoch Richtung Marienhafe fuhren, meinte er: »Würde mich nicht wundern, wenn die auch Richtmikrofone am Tor haben, deshalb sagte ich nicht gleich was. Da hast du durchaus einen Punkt, die Kleine hat dich regelrecht angemacht. Die hat wohl gleich erfasst, dass du keinen Ehering trägst. Denn auf meinen hat sie in den ersten Sekunden gesehen«, sagte er und wedelte mit seinem Ringfinger, an dem sein recht breiter goldener Ehering steckte, vor Tammes Nase rum.

»Ach, sonst hätte sie wohl dich ins Visier genommen, oder wie soll ich das verstehen?«

Faber stöhnte laut auf. »Hab ich dir schon mal gesagt, dass du Philipp immer ähnlicher wirst?«, provozierte er den Wikinger, gab jedoch sofort klein bei. »Gut, dass du keinen Ehering trägst, denn im Endeffekt sind wir beide Lilu völlig egal, Hauptsache ein Single und dadurch Freiwild.« Tamme war zwar ebenfalls verheiratet und Vater einer süßen Tochter, doch wegen seiner überdimensionalen Finger trug er keinen Ring. »Deshalb war es fantastisch, dass du plötzlich deine Strategie geändert und selbst ein bisschen geflirtet hast. Das mit deiner Visitenkarte war super«, lobte der Chef ihn letztendlich.

»Ja, ich hatte den Eindruck, als wolle sie mich als nächsten Anhänger gewinnen«, erwiderte Tamme. »Würde mich nicht wundern, wenn die in den nächsten Tagen mein Handy anruft!« Dann sah er sich um und fragte: »Sag mal, wo fährst du eigentlich hin? Willst du in Marienhafe Erkundigungen über diese«, meinte er und sah auf die Visitenkarte in seiner Hand, »Angelus-Artifex-Gemeinschaft einholen?«

»Angelus Artifex? Was heißt das eigentlich?«, fragte Faber skeptisch und bog in dem Moment noch vor Marienhafe links ab. Er fuhr auf die Schoonorther Kreisstraße. »Ich will mir das Anwesen dieser Leute mal von hinten ansehen«, informierte er Tamme.

Bei der nächsten Gelegenheit bog er in einen kleinen Feldweg ein. Die ehemaligen Stallungen eines Bauernhofs waren mit Bäumen umgeben. Faber fuhr bis ans Ende der Baumreihe, wo der Wagen vor Blicken immer noch geschützt war. Dort stiegen sie aus. Tamme holte das Fernglas aus dem Kofferraum und stellte sich hinter einem Strauch in Deckung, bevor er sich die Künstlerkolonie von hinten ansah. »Doch kein Fort, von hinten ist alles offen und man kann die Gebäude sehen. Das muss eine Stange Geld gekostet haben«, meinte er und reichte das Fernglas an Faber weiter.

Auch er sah sich das Gelände in Ruhe an. »Sie scheinen einen auf Selbstversorger zu machen. Da sind Kühe auf der Weide, Hühner laufen rum und selbst ein paar Pferde stehen da«, murmelte er. Außer den Wohngebäuden gab es große Stallungen und die Leute bauten Gemüse und Kartoffeln an. Von hinten trennten die Kolonie riesige, einsehbare Felder von der Straße. Ohne Baum und Strauch konnte sich da keiner ungesehen annähern. In der Mitte der Kolonie, die fast wie ein Dörfchen wirkte, stand ein besonderes Gebäude. »Das Ding, das wie eine chinesische Pagode aussieht, hat echt hübsche Buntglasfenster.«

»Ist vielleicht ihre Kirche«, schlug Tamme vor. Faber reichte ihm das Fernglas zurück und tippte eine Kurzwahl in ihr Handy.

»Was kann das Genie der niedersächsischen Forensik für dich tun?«, fragte Philipp Schorlau, der natürlich sofort gesehen hatte, dass es Fabers Nummer war.

»Sag mal, du Genie, was heißt Angelus Artifex genau? Das ist Latein, oder?«, fragte Faber ihn. Er selbst hatte bis zum Abitur Französisch und Englisch gehabt. Doch Faber wusste, dass Philipp sein Abitur in einem altsprachlichen Internat absolviert hatte. Auch wenn er sich die Bedeutung zusammenreimen konnte, wollte er Gewissheit.

»Angelus Artifex?«, fragte Philipp rhetorisch, wartete jedoch kein Ja ab. »Das bedeutet, ein Engel, der ein Künstler ist«, übersetzte er prompt. »Ist das der Name der Sekte?«

»So ist es. Tamme und ich waren gerade bei denen und man hat uns noch nicht mal aufs Anwesen gelassen. Aber Tamme hat von einer Menschenfischerin eine Visitenkarte bekommen, da steht der Name drauf«, meinte Faber flapsig und wollte eigentlich schon Schluss machen.

»Menschenfischerin. Machen die das so?«

»Was meinst du damit, Philipp?«

»Na, ist wohl logisch. Die fangen ihre männlichen Mitglieder mit Venusfallen. Sex, Liebe, bis hin zur Hörigkeit!«, erklärte er. »Und wenn der Kerl erst mal richtig an der Angel hängt, kommt der Chef der Sekte und zockt das Geld ab und verlangt andere Sachen. Mannomann, da könnte ich dir so einiges erzählen über

Scientology, Fiat Lux, die Mun-Sekte, Jim Jones' Peoples Temple und wie sie alle heißen. Die Branch Davidians haben 1993 in Waco beim FBI für eines der größten Traumata gesorgt. Die Ereignisse von Waco sind bis heute umstritten, insbesondere die Rolle und Taktik des FBI. Es gab Vorwürfe über unangemessene Verhandlungen und den Einsatz von übermäßiger Gewalt seitens des FBI, die zum Tod von 76 Sektenmitgliedern führte.«

»Und das weißt du alles von?«, fragte ihn Faber.

»Irgendwann habe ich mich mal damit beschäftigt, ich glaube, als vor Jahren bei mir die Zeugen Jehovas geklingelt haben«, erwiderte Philipp fröhlich. So etwas war einfach Brainfood für ihn, er beschäftigte sich dann mit den Hintergründen von Sekten, den Techniken und allem, was es darüber zu lesen gab. Und weil Philipp nun einmal Philipp war, vergaß er diesen Kram auch nie wieder.

Faber dachte kurz nach und fragte anschließend: »Sag mal, bist du die Woche eigentlich sehr beschäftigt?«

»Wieso?«

»Na ja, Silvia und die Babys sind abends bestimmt schlagkaputt, wenn sie den ganzen Tag schwimmen gehen. Wenn du nichts Brennendes im Institut hast, könnte ich dich hier gebrauchen. Opa ist bei Anette, du könntest bei ihm wohnen und uns mit diesen Engelskünstlern helfen«, schlug Faber vor, hatte jedoch keine Ahnung, wie er seinem Boss die Anforderung erklären sollte.

»Und was meint Rike dazu? Ich dachte, ihr wolltet eine sturmfreie Bude und es mal wieder überall im Haus …«, sagte Philipp, wurde aber gerade noch rechtzeitig von seinem Freund unterbrochen.

»Erstens hältst du uns davon nicht ab, denn ich lade dich nicht ein, bei uns im Ehebett auf der Besucherritze zu nächtigen, und zweitens sind Rike und ich mittlerweile ein eingespieltes Ehepaar. Essen gehen können wir abends auch zu dritt!«, erklärte Faber ihm.

Philipp Schorlau schien einen Moment nachzudenken. Dann sagte er: »Na ja, das klingt verlockend. Sprich du vorsichtshalber mal mit Rike und ich wechsle ein Wörtchen mit Silvia. Den

Kriminalrat überlass mal mir, den überzeuge ich schon davon, dass wir diese Engelssekte unter die Lupe nehmen müssen. Ach, schick mir die Fotos von Christian, die brauche ich vielleicht für die moralische Überzeugungsarbeit bei Markus«, meinte er mit einem oberschlauen Unterton. *Aha*, dachte Faber. *Jetzt nennt er Kriminalrat Heuer bereits Markus*. Wobei der Erste Hauptkommissar nicht wusste, ob Philipp mittlerweile wirklich per Du mit Fabers Vorgesetztem war.

Kapitel 2

Leipzig und Marienhafe vor Monaten

Christian war jetzt seit einiger Zeit bei den Engeln, wie er sie insgeheim nannte, und in seinem ganzen Leben war er noch nie so müde gewesen. Das Dasein in der Kolonie war zwar befriedend, man fühlte sich aufgehoben und von der Liebe einer Familie umsorgt, doch die Pflichten waren enorm. Er hatte mitzuhelfen, am Anfang nur in der kleinen Kolonie in Leipzig. Die Villa wurde ausgebessert, der Garten forderte seinen Tribut. Mit den Meditationen und den Andachten wurden seine Alltagspflichten so umfangreich, dass an den Besuch der Kunsthochschule nicht mehr zu denken war.

»Ach, Christian, das ist lediglich die Anfangszeit. Du musst dich natürlich erst beweisen in der Kolonie«, sagten seine Mitbrüder und -schwestern.

Es war auch nur in der ersten Zeit, dass er Myra regelmäßig sah. Mit etwas Glück übernachtete sie dann einmal in der Woche bei ihm. Tagsüber war sie jedoch an der Uni und studierte weiter. Gerade als er dachte, er könne vielleicht ebenfalls wieder zurück zur Kunsthochschule, wurde es für ihn noch anstrengender. Plötzlich fuhren er und weitere zehn Kolonisten jeden Montag mit einem Transit in aller Herrgottsfrühe fünf Stunden von Leipzig tief hinein nach Ostfriesland. Dort hatte Gabriel ein Grundstück gekauft, und unter der Anleitung einiger Zimmerleute bauten sie dort die Holzhäuser und Stallungen auf. Es sollte die ultimative Kolonie werden, Gabriel dachte sogar darüber nach, das Anwesen in Leipzig ganz aufzugeben. Die Arbeit in der Nähe von Marienhafe war geradezu aufzehrend, weil sie bis zu elf Stunden am Tag schufteten. Außerdem hatte Gabriel ihm und einigen der Neuzugänge ein besonderes Fastenprogramm auferlegt. Es gehörte zu einem Teil der Exerzitien, die Christian ableisten musste, um ein vollwertiges Mitglied der Engelsgemeinschaft zu werden.

Seine Hände waren von der ungewohnten Arbeit an den Häusern innerhalb kürzester Zeit mit Blasen übersät und jeder Handgriff schmerzte. Er war diese Arbeit nicht gewohnt, daher hatte er sich auch nie für Bildhauerei interessiert. Sein Körper war zu zart. Das machte die Arbeit für ihn besonders schlimm. Außerdem fühlte er in den ersten Wochen des Fastens das bohrende Gefühl von Hunger. Auch das war eine neue Erfahrung für ihn. Doch Christian machte weiter, wurde von seiner neuen Familie getröstet, verarztet und immer dann in den Arm genommen, wenn es für ihn ganz schlimm wurde. Er kannte solche Momente aus seinem früheren Leben. Depressionen hatten es seine Eltern genannt und ihn zu einem Psychologen geschickt, anstatt ihn an sich zu drücken. Seine Ersatzfamilie hier war jedoch ganz anders, er bekam die Zuwendung, die er brauchte.

Freitagnachts kamen sie meistens spät wieder in Leipzig an. Dort wartete Gabriel, wie es schien, nur auf ihn. Der Verkünder nahm zusammen mit ihm die letzte kleine Mahlzeit ein. Es war ein ungesüßter, ungesalzener Haferbrei, den Gabriel ihm brachte. Gemeinsam aßen sie, und wie einem Wunder gleich fühlte er sich danach ganz anders. Gestärkt, fast euphorisch, stand er auf und folgte Gabriel in den Tempel. Ihm war leichter ums Herz, seine Meditation mit Gabriel plötzlich intensiver und manchmal hörte er dann Gottes Stimme tief in sich. Mitunter schlief der junge Mann jedoch ein, was vom Verkünder nicht gerne gesehen wurde. Erst weit nach Mitternacht durfte er sich endlich in sein Zimmer begeben. Sosehr er sich freute, wenn Myra dort auf ihn wartete, so sehr schämte er sich, wenn er sofort einschlief. Morgens war sie nicht mehr bei ihm. Irgendwie war das aber nicht mehr wichtig. Denn etwas Größeres war in sein Leben getreten als die Liebe zu Myra. Ein Glaube, der sich in ihm breitmachte wie ein wärmendes Getränk, wenn die Welt vor Kälte zitterte. Wie beiläufige Sonnenstrahlen, die über die Haut strichen, einer zärtlichen Berührung gleich, nur viel durchdringender. Er fühlte sich plötzlich verbunden mit Gott, den Engeln und all seinen Brüdern und Schwestern. Aber vor allem mit Gabriel, dem Verkünder.

Wochen vergingen und vor Erschöpfung merkte er nicht einmal, wie Myra sich immer mehr von ihm distanzierte. An den Wochenenden verbrachte er viel Zeit mit Gabriel, um seinen Prophezeiungen und Geschichten zu lauschen, mit ihm zu meditieren oder von ihm in die Lehre eingewiesen zu werden. Die restliche Zeit, in der er mittags lediglich eine dünne Gemüsesuppe und am Abend den Haferbrei aß, ging er mit Robert in den Tempel. Dort wurde ihm die henochische Sprache beigebracht.

»Es ist unsere Sprache, um mit Gott zu kommunizieren. Es ist die Sprache, die nur wir, seine Engelsanwärter, sprechen«, erklärte Robert, der bereits in der letzten Phase seiner Erhörung stand. Daher sprach ihn Gabriel manchmal bereits mit einem anderen Namen an. Das, erklärte Robert Christian, sei sein Engelsname. Darum hatte Gabriel ihn zu seiner rechten Hand gemacht. Er erzählte Christian, dass er bald in den Engelsstand berufen würde und wenn er sich bewähre, mit Flügeln gesegnet würde.

Das Henochische war eine komplexe Sprache. Christian hatte bereits erfahren, dass sie im sechzehnten Jahrhundert dem Alchemisten von Königin Elisabeth der Ersten, Dr. John Dee, durch ein Medium diktiert worden war. Die Sprache verfügte über ein individuelles Alphabet, einen eigenständigen Wortschatz und eine eigene Grammatik. So lernte Christian die henochischen Rufe kennen, die Tafeln und die henochischen Schlüssel, welche Bereichen der Schöpfung zugeordnet wurden. Wenn Robert dann mit ihm die Aussprache übte, spürte er es plötzlich.

»Ol sonuf vaoresadji, goho IAD balata, elonusahe caelazod vaonupeho«, riefen sie gemeinsam, und wenn ihre Stimmen die Laute perfekt aussprachen, dann fühlte er die Anwesenheit Gottes. »Ich regiere über euch, sagt der Gott der Gerechtigkeit, in Kraft erhoben über das Firmament des Zorns«, konnte man diesen Ruf übersetzen. Des Öfteren verlor Christian nach Stunden der Anrufung und der Lehre die Besinnung. Robert huldigte ihn in den Momenten, wenn er wieder zu sich kam, umso mehr. Er bestärkte ihn, dass er ein besonderer Schüler war. Nie wäre es Christian in diesen Minuten voller Stolzes in den Sinn gekommen, dass er einfach aus lauter Hunger und Durst in Ohnmacht gefallen war. Nein, er war Gott nahe, und je länger er fastete, umso mehr spürte er den Herrn in seinem ausgemergelten Körper.

Mittlerweile brauchte er auch Myras Zuwendung nicht mehr, denn es gab für ihn Wichtigeres zu tun. Christian war das erste Mal in seinem Leben ohne irgendeine Abhängigkeit, so jedenfalls fühlte er sich. Es gab keine Eltern, keine Freundin und vor allem kein Einkommen. Es war genau, wie Gabriel es ihm prophezeit hatte. Nachdem er sein Sparbuch mit den siebzigtausend Euro, die er für das Atelier gespart hatte, und auch den Studienfonds an die Kolonie überschrieben hatte, fühlte er sich frei. Jetzt konnte er wirklich einer von ihnen auf seinem Weg zum Engel werden.

Dann kam der Tag, als Gabriel ihm mitteilte, dass Gott Christians Engelsnamen verkündet hatte. Christians Herz erfüllte diese Mitteilung mit so viel Liebe und Wärme, wie er es nie zuvor gespürt hatte. Er sollte der Erzengel Uriel sein. Dieser Engel verkörperte den Übergang von einer spirituellen zur nächsthöheren Ebene, stellte den Wunsch nach Erkenntnis und innerer Ruhe dar. Er lenkte den von Gott ausgesandten rubinroten Strahl der spirituellen Suche auf die Erde. Neben Gabriel, dem Erzengel, der bereits als Mensch unter ihnen wandelte, war Uriel einer der ranghöchsten Engel, die in der Gemeinschaft bisher zur Wiedergeburt auserkoren worden waren.

Das Ziel, endlich Uriel zu werden, machte ihm das Hungern leicht. Es störte ihn nicht, dass er hart arbeiten musste und wenig Schlaf fand. Oft knapste er seinen vier Stunden Schlaf noch eine halbe Stunde ab, um zu meditieren oder zu lernen. In seiner Verblendung fiel ihm auch nicht auf, dass Roberts Verhalten sich verändert hatte. Er war seit Gabriels Verkündung in Bezug auf Christian nicht mehr so wohlwollend. Seine Zuwendung wirkte falsch und er war plötzlich oberflächlich. Selbst einigen anderen Mitgliedern der Kolonie fiel der Neid auf, mit dem Robert Christian manchmal bedachte. Doch Christian hatte dafür kein Auge. Mittlerweile war er derart abgemagert, dass er bereits Probleme mit seinen eigenen Wahrnehmungen hatte. Das Gehirn war durch seine Ernährungsweise unterversorgt und gaukelte ihm Visionen vor, die er jedoch für Gottes Zeichen hielt.

Und dann kam der Tag, der für Christian alles ändern sollte. Es war ein herrlicher Sommertag gewesen und die Sonne stand tief am Himmel, als Gabriel alle Anwärter das erste Mal in den fertiggestellten Tempel rief. Die wundervollen Fenster waren erst vor Stunden fertiggestellt worden und der Verkünder wollte eine Andacht vor allen Einwohnern der Kolonie halten. Wie immer stand Gabriel auf der leicht erhöhten Bühne und sprach von den Zeiten vor dem Sündenfall. Der Liebe, die Gott für seine Engel hatte, als er plötzlich rüde unterbrochen wurde.

»Zeig uns deine Flügel, Gabriel«, rief Christian. Alle Anwesenden sahen bei diesem Zwischenruf erschrocken auf.

»Wie kannst du es wagen, den Verkünder zu stören?«, intervenierte Robert sofort. Doch Gabriel brachte ihn mit einem Blick zum Schweigen. Dann fixierte er Christian und die Gemeinschaft wartete gespannt. Sie waren alle erst vor Tagen von Leipzig nach Marienhafe umgezogen. Der wunderschöne Tempel mit den kunstvollen Buntglasfenstern war ihr neues Heiligtum und dieses ihre erste Andacht darin. Mit jedem Sonnenstrahl, der durch die Scheiben fiel, schienen sich die abgebildeten Engel zu erheben. Ihre Schatten flogen durch den Raum, glitten auf einen zu und verschwanden, wenn die Sonne sich wieder hinter einer Wolke verzog. Die ganze Gruppe, die mittlerweile aus über dreißig Engelsanwärterinnen und -anwärtern bestand, war heute dort versammelt. Gabriel hatte sie zu der Versammlung gerufen und wollte später noch mit ihnen Gottes Anweisungen teilen. Daher war es höchst ungewöhnlich, sogar regelrecht respektlos, dass Christian den Verkünder unterbrach. Ganz abgesehen von der unverfrorenen Aufforderung, die er formuliert hatte.

»Christian, höre Gottes Wort in Stille«, ermahnte Gabriel ihn zum Schweigen.

»Nein!«, krächzte der spindeldürre Mann, der seit ein paar Tagen plötzlich einen enorm vorgewölbten Bauch hatte. Das Hungerödem, eine Wasseransammlung, die aufgrund von akutem Proteinmangel entstand, hatte sich im Bauchraum gebildet. Robert war das schon aufgefallen, doch da Christian immer mehr zu einem Problem wurde, hatte er deshalb nichts weiter unternommen. »Gott selbst sagte mir, Gabriel soll seine Flügel für uns ausbreiten!«, beharrte Christian in seinem Wahn, sodass ein lautes Gemurmel durch die Gruppe ging. Christian hatte diesen Traum gehabt und die Anweisung war klar und deutlich gewesen. Bei der nächsten Andacht war Christian angewiesen worden, Gottes Forderung an Gabriel zu richten.

Entsetztes Murmeln und verständnisloses Raunen waren von allen Anhängern zu hören. Sie verstanden nicht, wie Christian dem Verkünder derartige Befehle erteilen konnte. Gabriel breitete ruhig seine Arme aus, um seine Jünger zum Schweigen zu bringen. Just in diesem Moment brach die Sonne wieder hinter den Wolken hervor. Alles erhellte sich im Tempel, und als die Jünger auf ihren Anführer sahen, konnten sie es nicht glauben. Zwei ausgebreitete goldene Flügel, die strahlend leuchteten, prangten an Gabriels Körper. Die beiden Flügel glitzerten derart stark, dass es die Anhänger blendete, bevor sie wieder verschwanden. Jetzt waren erstauntes Raunen und ein paar Schreie zu hören. Dann setzten die Lobpreisungen ein und alle fielen auf ihre Knie. Gabriel selbst wusste nicht genau, was passiert war, und senkte seine Arme, als die erste Reihe von Anwärtern auf Knien zu ihm kroch. Sie küssten seine Füße, strichen ehrfürchtig über seine Beine.

Selbst Christian hatte sich vor ihm auf den Boden geschmissen. »Danke, Gabriel, Gottes Engel auf Erden! Du hast uns deine Flügel gezeigt, wie Gott es mir prophezeite«, rief er verzückt einem tiefen Wahn verfallen, als hätten sich die goldenen Flügel in den letzten funktionierenden Teil seines Verstands gebrannt.

Gabriel nahm die Huldigungen entgegen und dankte Gott für seine Hilfe. Auch wenn er das alles nicht verstand, nicht begriff, wie so etwas möglich war, hatte Gott, sein Herr, die Situation für ihn vortrefflich gelöst. Er brachte alle wieder zum Schweigen. »Meine Kinder, ihr habt Christian gehört. Gott wollte euch einen Beweis sehen lassen. Dass Christian auserkoren wurde, das Wort unseres Herrn an mich zu richten, zeigt, dass er in Kürze berufen wird. Daher wirst du bald nach Amerika reisen in unser Stammhaus in Cambridge. Du wirst dort als mein Vertreter predigen, bis auch du deine Flügel erhältst. Das war Gottes Wort an mich. Daher halte dich bereit.«

***

Emden heute

Kaum dass Tamme und Faber gegen halb zwölf aufs Revier kamen, meldete sich Kriminalrat Heuer bei Faber. Er nahm zusammen mit Rike das Gespräch in seinem Büro an.

»Sie sind auf Lautsprecher, Rike ist mit im Raum. Ich hoffe, es ist Ihnen recht«, begrüßte er seinen Boss.

»Aber natürlich. Ich grüße Sie, Frau Waatstedt, was macht der Nachwuchs?«, fragte Markus Heuer.

»Danke, alles ist gesund und munter und momentan in den Ferien, sodass wir ausnahmsweise nur zu zweit sind«, erwiderte Rike.

»Ach, und Sie wollen in dem Fall wirklich Doktor Schorlau mit dazu in die Krummhörn holen? Der sitzt mir im Übrigen gegenüber und hört ebenfalls mit«, erwiderte der Kriminalrat leicht amüsiert.

»Ach, Philipp ist doch schon Inventar hier, außerdem ist Opa Knut nicht da, Philipp hat drüben sturmfreie Bude«, meinte Faber gelassen. »Aber es hört sich so an, als hätte Philipp Sie davon überzeugen können, dass im Fall Christian Färenfell ermittelt werden sollte.«

Es dauerte einen Moment, bevor Markus Heuer antwortete. »Sagen wir so, er hat mir sehr anschaulich davon erzählt, und als ich die Fotos des Jungen sah, wurde mir ganz anders. Wenn Knuts Bekannte eine Anzeige bei euch stellt, könnte man sich das mal ansehen. Alles andere müssten Sie mit dem Staatsanwalt ausmachen. Ich gehe mal davon aus, Sie haben momentan keine anderen brennenden Fälle, oder?«

»Nein, hier ist es relativ ruhig. Ich war heute Morgen mit Kommissar Hehler bei dieser Künstlerkolonie und wir baten darum, Christian zu sprechen. Man sagte uns, er sei nicht da. Der Junge ist wohl in die USA geflogen zum Stammhaus der Künstler.«

Dann erzählte Faber ausführlich von ihrem Besuch und warum er Philipp danach angerufen hatte.

»Verstehe, ich denke, wir können Philipp für ein paar Tage entbehren, Doktor Moser hat das Labor hier im Griff. Sehen Sie mal zu, was Sie erreichen können. Und schließen Sie sich kurz mit Leipzig. Ich wette, es gibt mehr Familien, die wegen ihrer Kinder bei der Polizei waren.« Nach einer kurzen Verabschiedung und Philipps Zusage, dass er am Abend schon wieder bei ihnen in Klein Hauen sein würde, legte der Kriminalrat auf.

Faber klatschte in die Hände, als er im Großraumbüro stand. »Hört mal her«, sagte er in den Raum, während Rike sich an ihren Schreibtisch setzte. »Wir haben gerade das Okay bekommen, die Engelssekte näher zu untersuchen. Außerdem steht uns ab morgen Philipp dafür zur Verfügung. In dem Fall bin ich ganz froh darüber, weil er sich mit Sekten, deren Dynamik und Psychologie recht gut auskennt. Daher würde ich gerne mit euch die nächsten Schritte besprechen und Aufgaben verteilen. Aber vorher habe ich eine Frage: Hat Tamme euch bereits berichtet, wie es heute Morgen bei der Künstlerkolonie war?«

Alle nickten und Tamme meinte: »Hebb ik!« Mittlerweile sah er aus wie ein Bauarbeiter, er hatte die Ärmel seines karierten Hemds hochgekrempelt und die ersten zwei Knöpfe am Kragen gelöst. Da die Sonne jetzt durchkam und direkt auf die Fenster des Großraumbüros schien, war es sehr schnell warm in den Räumen geworden.

»Hatt he!«, bestätigte Torben ebenfalls auf Platt.

»Prima, dadurch sind wir alle auf dem gleichen Stand. Laurien, was schmort außer der Sache noch auf unseren Schreibtischen?«, fragte der Chef, bevor er an den Fall ging.

»Wir haben eine Fahrerflucht, bei der ein Kind in Hinte verletzt wurde«, berichtete Laurien.

Friedhelm hob die Hand wie in der Schule. Da er das fast immer machte, kommentierte das niemand mehr so recht und Faber nickte ihm nur zu. »Ich bin bereits mit den Jungs der Streife an der Sache und würde das gerne weiterverfolgen. De Kleene is eerst acht Jahren old«, meinte er vorwurfsvoll und war ins Platt gerutscht. »Momentan liegt er mit einem Oberschenkelhalsbruch im Krankenhaus, doch das hätte böse ausgehen können, wenn nicht gleich ein umsichtiger Fahrer an den Unfallort gekommen wäre. Vor allem hat der Zeuge das Kind sofort auf der Straße gesehen. Da der Unfallverursacher anhielt, vermuten wir, der Fahrer hat den Unfall mitbekommen. Trotzdem ignorierte er das verletzte Kind und fuhr einfach weiter. An dem Mistkerl würde ich gerne dranbleiben!«

»Okay, brauchst du Torben dafür?«, fragte Faber, aber Friedhelm schüttelte den Kopf. »Sonst noch was, Laurien?«

»Nichts, was ich nicht nebenbei koordinieren könnte. Selbst Friedhelm kann mit an dem Fall bleiben, bis sich etwas mit der Fahrerflucht ergeben hat«, sagte sie unmissverständlich. »Ich organisiere das im Team!« Laurien entwickelte sich immer mehr zur Nummer zwei nach Faber. Eigentlich hätte sie schon vor einiger Zeit einen Job als Erste Hauptkommissarin in Hannover in leitender Stellung übernehmen können. Doch sie hatte sich gegen die Karriere und für Ostfriesland entschieden. Die Ehefrau von Laurien war als freie Journalistin viel unterwegs und schrieb unter anderem für ein großes Hamburger Magazin. Laurien waren ihre Ehe und die jetzt schon begrenzte gemeinsame Zeit wichtiger, als selbst dem Zeitdruck einer Teamleitung zu unterliegen. Hier bei Faber konnte sie das Team ebenfalls leiten, ohne jedoch in Überstunden zu ertrinken.

»Klaar, dat geiht woll!«, stimmte ihr auch Friedhelm zu. Er wusste genau wie alle anderen im Team, dass Laurien lediglich so viel von jedem verlangte, wie jeder geben konnte. Faber hingegen stupste sie meistens noch ein wenig weiter an. Der Chef erwartete aber nie etwas von ihnen, was er selber nicht bereit war zu leisten. Wahrscheinlich war die Einstellung von Faber und Laurien ein zusätzlicher Grund dafür, warum die Kripo Emden derart erfolgreich bei ihren Fällen war. Es machte den Kripobeamten einfach Spaß, in einer gut geführten Crew zu arbeiten.

»Okay, dann lasst uns mal besprechen, wie wir mit diesen Künstlern und ihrem Oberguru, Professor Green, vorgehen. Sind wir uns denn alle einig, dass da etwas Schräges läuft und Christian

Färenfell deshalb so schlecht aussieht? Jemand anderer Meinung?«, vergewisserte sich der Chef, und als keiner einen Einwand erhob, fuhr er fort: »Rike, übernimmst du bitte das Glasboard und machst Stichpunkte? Was den Rest angeht, legt einfach los, jede Idee zählt. Wie sollen wir vorgehen?«

»Wir sollten erst einmal alles über diesen Green in Erfahrung bringen, besonders darüber, was der Mann in den USA getrieben hat. Natürlich nur die Dinge, die nicht bereits im Bericht dieses Privatdetektivs stehen. Da Lauriens Englisch am besten ist, könnte sie mal versuchen, mit der Polizei in Massachusetts Kontakt aufzunehmen«, meinte Rike, und als Laurien nickte, notierte sie den Vorschlag.

»Den Staatsanwalt würde ich erst einmal da rauslassen. Nur aufgrund der Fotos mit medizinischen Bedenken zu kommen, ist zu schwierig. Wenn wir zu schnell um einen Durchsuchungsbeschluss bitten, dann hängt uns die Ablehnung nach bis zum Moment, in dem wir mehr Beweise haben. Und dann ist er vielleicht nicht bereit, wieder zu reagieren«, schlug Laurien vor und Rike schrieb *Staatsanwalt später*.

»Ich denke, ich kümmere mich mal um die Polizei in Leipzig und die Kunsthochschule, bevor ich undercover bei der Engelssekte einziehe«, sagte Tamme halb im Scherz und lachte.

Sonja kräuselte die Stirn. »Erwartest du, von denen bekehrt zu werden? Du kannst ja noch nicht mal mit deiner Tochter Strichmännchen malen! Und selbst wenn die irgendeine Art Sekten-Philosophie verfolgen, geht es wohl vorrangig um die Kunst, oder?«

»Spätestens morgen bekomme ich von Lilu einen Anruf, ihr werdet schon sehen. Die war ganz vernarrt in mich«, ließ Tamme das Gesagte nicht auf sich sitzen. »Ich nehme in der Hinsicht Wetten an! Wie wäre es mit zehn Euro Einsatz?«

Faber kräuselte die Stirn und meinte: »Na, na, übertreib mal nicht. Schorlau hat ihre Masche bereits recht gut durchschaut. So fangen viele Sekten ihre Mitglieder, sie benutzen eine Venusfalle. Daher wärst du der Letzte, der bei denen undercover gehen könnte. Dich würde man bloß näher heranlassen, um zu erfahren, was wir über die Kolonie wissen«, eichte er den Wikinger erst einmal wieder ein. »Aber es ist eine gute Idee, wenn du dich um Leipzig kümmerst. Wir müssen so viel wie möglich darüber erfahren, was da mit Green los war.«

»Vielleicht kann ich unserem Casanova mit Leipzig helfen. Wir übernehmen den künstlerischen Teil mit der Uni und kümmern uns um die Leute, die die Künstlerkolonie verlassen haben oder vielleicht Mitglieder werden wollten und nicht durften. Von solchen Kandidaten erfährt man oft etwas über die Leichen im Keller. Denn die haben oft mit Grund einen Groll. Besonders schlimm, wenn Green einige Kunststudentinnen nicht in seinen Harem aufnahm, obwohl sie das gerne wollten«, schlug Sonja vor und Rike notierte auch diesen Punkt.

»Die Hölle kennt keine Wut wie die einer verschmähten Frau!«, kommentierte Tamme das Gesagte.

»Du entwickelst dich immer mehr zu einem Macho mit deinen Sprüchen!«, rügte ihn Sonja.

»Ist nicht von mir, ist von William Congreve, seines Zeichens ein englischer Autor!«, ließ Tamme das nicht auf sich sitzen.

Faber stöhnte laut auf. »Es reicht, Leute. Und du, Tamme, nimm dir das mal zu Herzen, was Sonja gesagt hat«, meinte der Chef. »Können wir jetzt weitermachen, Torben, Friedhelm?«

»Friedhelm und ich könnten mal nach Marienhafe fahren und uns diskret umhören. Auf den Höfen und natürlich auf der kleinen Polizeistation da draußen!«, schlug Torben vor.

»Gute Idee«, lobte Faber seinen Polizeimeister.

»Stimmt das eigentlich, dass Philipp sich eingehender mit Sekten beschäftigt hat?«, fragte Rike ihren Mann.

»Sagt er jedenfalls. Aber wie auch immer, der hat doch zu fast allem einmal was gelesen. In der Hinsicht ist er wie Opa Knut ein wandelndes Lexikon«, erwiderte Faber.

»Wenn das so ist, dann bitte unser Doktorchen darum, für uns alle seine Weisheiten zusammenzufassen. Denn ich kenne mich mit dem Thema nicht wirklich aus«, sagte der Wikinger. Sogleich stimmten ihm alle zu.

»Das mache ich erst spät heute Abend, sonst wird aus einer Zusammenfassung eine zweistündige Google-Slides- oder PowerPoint-Präsentation«, meinte der Chef.

Rike lachte glockenhell auf. »Selbst wenn du ihm das fünf vor zwölf auf dem Weg ins Bett sagst, kommt morgen eine Präsentation. Und wenn er die ganze Nacht daran arbeitet. Uns etwas beizubringen und sein Genie funkeln zu lassen, ist für ihn das Größte. Lass ihn ruhig machen, denn ehrlich, Vorlesungen halten kann er!«

»Gut, in dem Fall starten wir morgen unseren Tag mit einer Doktor-Philipp-Schorlau-Vorlesung«, gab Faber klein bei. »Rike kannst du dich bitte mal darum kümmern, die Finanzlage von Green zu beleuchten? Wann hat er das Anwesen für wie viel gekauft, was besitzt er noch in Deutschland und den USA? Kontenstand, Finanzamt und solche Sachen überprüfen. Jedenfalls so weit, wie du da rankommst ohne Beschluss.«

»Okay, ich mach mich gleich ran!«, sagte sie und schrieb auch diesen Punkt auf das Glasboard.

»Und du, Chef?«, fragte Laurien.

Faber sah alle an und anschließend auf die Uhr. »Da es jetzt gleich zwei Uhr ist, bestelle ich für uns alle Pizza, denn das wird ein zäher Nachmittag mit Recherchen. Und danach nehme ich mir Professor Gabriel Green vor und stelle seine Vita zusammen, um den Kerl erst einmal ein wenig kennenzulernen. Eventuell denke ich darüber nach, mit ihm einen Termin auszumachen. Solange wir im Trüben fischen, werden ausschließlich Tamme und ich dort auftauchen«, fügte er an. Dann sah er Torben und Friedhelm noch mal an. »Darum seid ihr beide bitte vorsichtig, wen ihr in Marienhafe befragt. Ich möchte nicht, dass jemand diesen Leuten etwas zuträgt von wegen ›die Polizei fragt nach‹!«

Tamme klatschte laut in die Hände, griff in seine Schublade und zog einen Flyer der Pizzeria Pronto Pronto hervor, bei der sie regelmäßig bestellten. Denn diese Pizzeria lag nicht nur drei Minuten Fahrt vom Polizeikommissariat entfernt, sie machte ihrem Namen auch alle Ehre und war sehr schnell. »Ich nehme die Wünsche auf und bestelle, wenn der Chef schon zahlt! Wenn du das selbst machst, Faber, dann hat vielleicht jemand Hemmungen, mehr als bloß eine Pizza zu bestellen«, erklärte Tamme und Faber stöhnte laut auf.

»Mach man«, gab Faber klein bei. Die großzügige Geste des Wikingers, die Bestellungen aufzunehmen und bei der Pizzeria anzurufen, war alles andere als selbstlos. Anstatt mit sechs oder sieben Pizzen konnte der Erste Hauptkommissar jetzt mit mindestens acht Pizzen, einigen Salaten, ein oder zwei Nudelgerichten und Pizzabrötchen mit Kräuterbutter und Aiolisoße rechnen. *Wahrscheinlich nimmt Tamme zusätzlich Oliven und etwas Fetakäse dazu, denn Käse schließt ja bekanntlich den Magen*, dachte der Erste Hauptkommissar zynisch. Der Wikinger war in der Hinsicht ein Fass ohne Boden, eigentlich genau wie Philipp, der solch kulinarische Exzesse ebenfalls liebte. Und der Erste Hauptkommissar würde für das spendierte Mittagessen statt der geplanten fünfzig Euro jetzt schnell mal einiges über einhundert Euro hinlegen. Faber schnaufte noch einmal kurz, winkte ab und zog sich in sein Büro zurück.

***

Marienhafe in der folgenden Nacht

Er schlich sich durch die Ackerfurchen immer näher an die Kolonie heran. Bisher hatte alles geklappt. Den Weg aus Marienhafe heraus in südwestlicher Richtung hatte er schnell gefunden. Nachdem er den kleinen Vorort Upgant-Schott erreicht hatte, war er recht zügig in die Felder gegangen. John hatte sich den Weg auf der Karte genau eingeprägt und lief nun in etwa dreihundert Metern Entfernung parallel zur Wirdumer Landstraße. Die Straße war leider unbeleuchtet und Autos fuhren um die Uhrzeit auch nicht mehr. So musste er sich auf seinen Orientierungssinn verlassen, ohne die Taschenlampe seines Handys zu oft zu benutzen. Nur bei den Schloots, die plötzlich an den Feldrändern auftauchten, war er zur Vorsicht gezwungen. Bei dem ersten, das er überquert hatte, dem Grootdiekschloot, wäre er fast in die matschige

Brühe gefallen. Hier waren zwar nicht die Everglades, in denen mehr rumschwamm als Kaulquappen, dennoch wollte er nicht unbedingt mit diesen morastigen Wassergräben Bekanntschaft machen.

Von seinem Standpunkt aus konnte er bereits die Rückseite der Kolonie sehen. Im Hof brannten zwei, vielleicht drei Lichter von hohen Standleuchten. Sie ähnelten den nostalgischen Straßenlaternen, die sie bei sich zu Hause in der historischen Altstadt von Fredericksburg, Texas, auch hatten. Das gelbe Licht verlieh dem Anwesen einen angenehmen Zauber. Die Holzgebäude, der Tempel in der Mitte, das Gebäude, welches halb Kirche, halb Pagode war, und natürlich die robusten Koppelzäune für die Rinder und Pferde wirkten wie aus der Zeit gefallen. Man hatte den alten Baumbestand der Farm, der schon seit Jahrhunderten hier stand, beibehalten. Er beobachtete besonders die dunklen Stellen in der Nähe der Bäume, doch konnte keine Bewegung wahrnehmen. Es war drei Uhr und anscheinend hatte dieser verfluchte Gabriel keine Wachposten aufgestellt.

»Well, this is good old Germany«, murmelte John etwas sarkastisch und schlich sich weiter heran an die Kolonie. Die Künstlerkolonie, die Green in Cambridge bloß zwei Meilen entfernt von der MAAD, der Massachusetts Academy of Art and Design, bewohnt hatte, stand in einem fantastischen Viertel. Berkeley war ein Stadtteil mit Lebensqualität, in dem gut situierte Leute sich niedergelassen hatten. Es gab dort kleine Geschäfte, ein Theater, Kinos und Parks. Green hatte für einen Haufen Geld eine Riesenvilla mit großem Gartengrundstück gekauft, eingezäunt und ebenfalls mit Sicherheitstechnik ausgestattet. Doch die USA waren anders, dort taten immer zwei Nachtwächter ihren Dienst, denn die Kolonie zog nicht nur Kriminelle an.

Einige Eltern, die ihre Kinder an die Künstlerkolonie verloren hatten, waren nicht davor zurückgeschreckt, Privatdetektive anzuheuern, die wie Kopfgeldjäger arbeiteten. Sie versuchten, manche der Sektenmitglieder ihren Eltern zurückzubringen. Aus der Kolonie heraus hatte nie jemand einen Jünger holen können. Mehr Glück hatten zwei Kopfgeldjäger auf dem Campus, wenn einer oder eine der Engelskünstler in einen Transit gezerrt wurde. So gelangten Greens Anwärter gegen ihren Willen manchmal quer durch die USA zu ihren Familien zurück. Nach der gültigen Rechtsprechung war das Kidnapping und die Privatdetektive durften sich nicht dabei erwischen lassen. Zusätzlich verlangten diese Kopfgeldjäger einen Haufen Geld für das Risiko, welches sie eingingen. Und wenn die Familien Pech hatten, nutzten ihre Kinder die erste Möglichkeit zur Flucht und kehrten zu Gabriel zurück. Nachdem das zweimal an der MAAD passiert war, traf man die Engelskünstler ausschließlich in kleinen Gruppen an. Egal ob beim Einkaufen, wenn sie loszogen und neue Anwärter suchten, oder wenn ein Arztbesuch nötig war. Das hatte John Carpenter beobachtet und war sogar zu dem Schluss gekommen, dass man so auch Skeptikern in den eigenen Reihen die Möglichkeit nahm zu fliehen.

John befand sich mittlerweile an der hinteren Koppel. Die Nacht war kühler, als er es für den Juni erwartet hatte. Zu Hause konnte man in den heißen Juninächten die Zikaden singen hören. Dort war es an Sommertagen um die zweiunddreißig Grad und die Nacht blieb über zwanzig Grad warm. Doch hier war es kalt und irgendwie völlig still. Außerdem roch es nach feuchter Erde, etwas, das John auf seinem eigenen Land lediglich von gut gewässerten Gärten kannte. Es war aber nicht nur stiller, es war ein wirklich anderes Land. *Nicht wie in den Staaten*, dachte er bei den laxen Sicherheitsvorkehrungen. *In Deutschland, besonders hier in Ostfriesland, ist das Leben ruhiger und die Kriminalität kaum existent*, grübelte John und erklärte sich so die Ruhe. Dennoch griff er automatisch an seine Hüfte, wo er zu Hause seine Waffe trug. Aber der Platz war leer. Er hatte sie nicht mitnehmen können, dabei glaubte er, dass Gabriel Green ein verdammt gefährlicher Mann war. Er kletterte über den Koppelzaun und ging langsam durch die Pferde weiter ins Innere der Kolonie. Da er sich vorsichtig bewegte – als Texaner kannte er sich mit Pferden aus –, trotteten die Stuten und ihre Fohlen unaufgeregt von ihm fort. Als er am Ende direkt bei den Stallungen erneut über den Zaun stieg, hatte er es geschafft. Er hoffte nur, ebenfalls ungesehen in das große Wohnhaus zu kommen. Viel weiter war sein Plan nicht gediehen.

»Fuck«, knurrte er. Denn kaum hatte er seinen letzten Gedanken zu Ende gedacht, ging ein Strahler mit einem wahren Flutlicht an und hatte ihn genau im Visier. Bewegungsmelder, die anscheinend auf große Tiere oder Menschen eingestellt waren, hatten das Flutlicht ausgelöst. Ein kurzer Versuch, wieder über den Zaun zu gelangen, wurde von zwei zähnefletschenden Rottweilern, die plötzlich keinen Meter von John entfernt standen, vereitelt. John war mit seinen eins sechsundneunzig und den hundertdreißig Kilo selbst ein Gigant. Doch angesichts der scharf abgerichteten Tiere trat ihm der Schweiß auf die Stirn. Er wagte nicht die kleinste Bewegung. Die muskulösen Hunde schienen bloß darauf zu warten, irgendetwas von ihm mit ihren Zähnen zu erwischen, um es zu zerfleischen.

»Diwo, Cadejo, down«, kam plötzlich eine autoritäre Stimme aus dem blendenden Licht. Sofort legten sich beide Rottweiler hin und blickten John mit ihren mandelförmigen, dunkelbraunen Augen treu an. Aus den beiden Höllenhunden waren zwei riesige Kuschelbären geworden.

»Was haben wir denn hier gefangen? Haben Sie sich verirrt?«, fragte die Stimme und dann erlosch endlich das Flutlicht. John konnte den großen Mann jetzt sehen, der anscheinend aus dem Tempel gekommen war. Auch wenn sie sich nie begegnet waren, wusste John, wie Gabriel Green aussah. Er war groß und trainiert, jedoch eher wie ein Marathonläufer, zäh und drahtig. Sein mittlerweile an einigen Stellen ergrautes blondes Haar musste ihm weit über den Rücken reichen. Er trug es jetzt zu einem Zopf gebunden. Auch er hatte die Einheitskleidung der Sekte an, jedoch waren bei ihm das Leinenhemd sowie die Hose cremefarben. Und irgendwie, das musste John zugeben, ob er wollte oder nicht, wirkte der Mann erhaben. Wenn sich ein Heiligenschein über Gabriels Kopf manifestiert hätte, wäre John wohl noch nicht einmal sehr erstaunt gewesen. Mittlerweile sammelten sich immer mehr der jungen Mitglieder auf dem Hof. Sie sahen verschlafen aus und musterten John erstaunt. John blickte in jedes Gesicht, er konnte ihn nicht sehen, was jedoch nicht bedeutete, dass er nicht hier irgendwo war.

Gabriel hob einen Finger, und sogleich standen die beiden Hunde rechts und links neben ihm. »Wie heißen Sie?«, fragte er und sein Deutsch zeigte kaum eine Nuance eines amerikanisch gefärbten Einschlags. John hielt eisern den Mund. »Nun gut, wie Sie wollen. Heute Nacht werden wir die Polizei nicht mehr bemühen, daher sind Sie unser Gast bis zum Morgen«, sagte Gabriel und zeigte auf den Geräteschuppen neben dem Stall. »Robert, komm bitte mit, ich brauche dabei deine Hilfe«, wandte er sich an den zornig blickenden jungen Mann neben ihm. John trottete von diesem Robert geführt in den Geräteschuppen. Es wäre ein Leichtes gewesen, ihn zu überrumpeln, doch er hörte das Hecheln der beiden monströsen Rottweiler hinter sich. Der kleine Raum stand voll mit allem möglichen Werkzeug und Geräten, die man für die Landwirtschaft brauchte. Lange umsehen konnte sich John nicht, denn kaum hatte Gabriel die kleine Glühlampe angeschaltet, verspürte John einen schmerzhaften Schlag am Hinterkopf und dann war alles dunkel. Er hatte noch nicht einmal mehr Zeit, sich über seine eigene Dummheit zu ärgern.

»Sollen wir ihn zurück in die Hölle schicken, Verkünder?«, fragte Robert und sah hinab auf den bewusstlosen Mann.

»Nein. Zu viele unserer Brüder und Schwestern haben den Mann gesehen. Für uns ist er nur ein Einbrecher und wir lassen ihn morgen von der Polizei abholen. So kann ich auch unsere beiden Polizisten von heute näher kennenlernen, denn irgendetwas wollen sie ja wohl. Fürs Erste muss ich lediglich erfahren, wer der Mann, der Einbrecher, ist. Kümmere dich darum!«

***

Dienstagmorgen erschienen Faber und Rike zusammen mit einem überaus gut gelaunten Philipp Schorlau bereits um acht Uhr. Erstaunlicherweise waren alle schon auf dem Revier. Nur Sonja kam im gleichen Moment wie der Chef mit seiner Entourage.

»Moin Philipp, du siehst ja sehr zufrieden aus. Müssen wir Angst bekommen?«, nahm ihn Sonja auf den Arm, als sie gemeinsam die Treppe zum Großraumbüro hochgingen.

»Angst ist ja wohl das falsche Wort. Angst ist ein unangenehmes Gefühl, das durch das Bewusstsein einer Gefahr hervorgerufen wird. Dies sollte meine kleine Vorlesung über Sekten nicht bei euch erzeugen. Obwohl ich dir recht gebe, seine Allgemeinbildung zu erweitern ist nicht für jeden einfach«, erklärte er elitär und hatte einen solch arroganten Gesichtsausdruck aufgelegt, dass Sonja nicht widerstehen konnte.

»Philipp, wenn du noch mal den Klookschieter raushängen lässt, dann klebe ich dir den Mund mit Superkleber zu. Und das hat schlimmere Folgen für dich, als dass du nicht mehr sprechen kannst«, meinte sie und hob die Bäckereitüte mit den süßen Gebäckstückchen an, die sie zum Morgenkaffee besorgt hatte.

»Oh«, war alles, was Philipp erwiderte. Denn Essen war, abgesehen von seiner Familie, das Einzige, mit dem man den Doktor beruhigen, bestechen und besänftigen konnte oder ihn zum Einlenken brachte. So schlank Philipp Schorlau auch war, er musste sich für seinen doch recht athletischen Körper nicht wie Faber die Hacken beim Joggen ablaufen. Philipp aß ähnlich viel wie Tamme, war ein Fass ohne Boden und nahm einfach nie zu. Seine Erklärung dafür war natürlich sein hoher IQ. Er war der festen Meinung, dass seine geniale Art zu denken dafür verantwortlich war, dass er Unmengen von Kalorien verbrannte. Durch das viele Wissen, welches er in der Lage war aufzunehmen, brauchte sein Luxuskörper ähnlich einem Ferrari viel Kraftstoff. So einfach war Philipp Schorlaus Welt, und er hatte den Vorteil, dass er, anders als andere Menschenwesen, nur sehr selten an Selbstzweifeln litt. Aber wie hätte Opa Knut es ausgedrückt? Man mutt hum wenn ok leevhebben, was nichts anderes bedeutete, als dass man ihn trotzdem einfach lieb haben musste.

Faber hatte nicht einmal seine Jacke ausgezogen, als Tammes Handy klingelte. Noch bevor er ranging, schnippte er wie wild mit den Fingern, um die Aufmerksamkeit aller zu erregen. »Hat da jemand mit mir gewettet, dass die süße Lilu von den Engeln mich anruft?«, rief er ins Großraumbüro und nahm den Anruf an. Faber stand sofort an seiner Seite und hatte den anderen angedeutet still zu sein, weil Tamme auf Lautsprecher war.

»Kommissar Tamme Hehler«, meldete sich der Wikinger.

»Guten Tag, Herr Kommissar«, hörten sie eine dunkle und sehr angenehme männliche Stimme. Auf jeden Fall war es nicht der schmeichelhafte Singsang von Lilu. »Mein Name ist Gabriel Green von der Künstlerkolonie in der Nähe von Marienhafe. Sie waren gestern mit Ihrem Partner hier und gaben unserer Schwester Lilu Ihre Karte.«

»Das ist richtig, Herr Green. Was kann ich für Sie tun?«, fragte Tamme gespannt.

»Es wäre mir sehr recht, wenn Sie und Ihr Partner noch einmal vorbeikommen. Wir hatten gestern Nacht einen Einbruch und die Person ist hier in unserem Werkzeugschuppen eingesperrt«, erzählte der Professor.

»Sie haben den Einbrecher festgesetzt?«, fragte der Wikinger etwas skeptisch. Doch Faber nickte bereits wie wild. Er hatte Sorge, dass Green seine Meinung ändern würde.

»Nun ja, ich habe nicht vor den Mann anzuzeigen. Nur wir bekommen kein Wort aus ihm raus. Vielleicht könnten Sie ihn abholen und dort hinbringen, wo er hingehört. Vielleicht ist er auch nur hilflos, verwirrt und ist so bei uns gelandet.«

»In Ordnung, wir sind auf dem Weg und bringen vorsichtshalber unseren Forensiker mit, der ist Mediziner und kann besser beurteilen, ob der Mann verwirrt ist. In etwa einer halben Stunde sind wir bei Ihnen, lassen Sie den Mann so lange lieber in Ruhe«, schlug Tamme vor und verabschiedete sich.

Tamme schnappte sich seine Jacke, die Dienstpistole aus der Schublade und ging mit Faber sofort Richtung Treppe. Dann drehte er sich noch einmal um. »Kommst du jetzt, Schorlau, oder was?«

»Moment«, erwiderte Philipp ein wenig widerspenstig. Er sah beide kurz an, nahm sich Sonjas Tüte von der Bäckerei und schüttete die Stückchen auf einen Teller. Dann wählte er vier Stück und stopfte sie zurück in die Tüte. Während er sich den

Pudding von den Fingern leckte, folgte er mit der Tüte in der Hand den beiden Kommissaren die Treppe runter. Obwohl Faber über sein Benehmen innerlich den Kopf schüttelte, war er froh, im Auto ein Schokoladencroissant abzubekommen. Sie hatten heute Morgen wieder nicht geschafft zu frühstücken, weil sie mit Philipp nach einigen Weinchen recht spät ins Bett gekommen waren. Da Philipp vier der Gebäckstücke eingepackt hatte, erstaunte es den Chef, dass sein Freund das vierte Teilchen ebenfalls brüderlich mit Tamme teilte und nicht alleine aß. Bei den beiden Fresssäcken war jedoch für Faber gar nicht daran zu denken, noch einen weiteren Bissen abzubekommen.

Ostfriesland zeigte sich heute mal wieder von seiner schönsten Seite. Der Himmel war blau mit ein paar Schäfchenwolken, die von einem milden Lüftchen über den Horizont getrieben wurden. Es waren in etwa zwanzig Grad und eigentlich war es ein idealer Tag, um an der Nordsee spazieren zu gehen. Doch die Pflicht rief die drei Polizeibeamten. Als sie erneut bei dem kleinen Feldweg ankamen, sahen sie schon aus einiger Entfernung, dass dieses Mal das große Tor geöffnet war. Faber nahm das als Einladung, mit dem Audi direkt bis in die Siedlung zu fahren. So ganz aus der Nähe sahen die Gebäude oder das kleine Dorf, wie man die Siedlung fast nennen konnte, noch faszinierender aus. Faber konnte nicht umhin, beeindruckt zu sein. Lilu war die Erste, die zum Wagen kam und erst einmal Tamme begrüßte, anschließend nickte sie Faber zu, der anscheinend nicht im Geringsten ihr Typ war. Auch Philipp ließ sie links liegen.

»Hallo Kommissar Hehler, wie schön, Sie derart schnell wiederzusehen. Ich soll Sie erst einmal mit dem Doktor zu diesem schrecklichen Mann bringen. Robert wird Sie zu Gabriel begleiten«, wandte sie sich das erste Mal an Faber, dann an einen schmalen jungen Mann mit lockigem langem Haar. Es waren etwa zwei Handvoll Leute draußen im Hof, die das Auto und die Polizeibeamten beobachteten, als wären sie gerade mit einem Raumschiff dort gelandet. Faber fiel auf, dass besonders die Männer sehr dünn waren. Bei den Frauen war es nicht so auffällig, aber vielleicht lag das an den langen Röcken, die sie unter den

Leinenhemden trugen. Die wenigen Frauen trugen dem warmen Sommerwetter gemäß kurzärmlige Hemden, die Männer hingegen durchweg langarmige. Manche von ihnen hatten Bärte, andere waren glatt rasiert und hohlwangig. Faber musste bei den Menschen hier an das Bildnis des letzten Abendmahls, L'Ultima Cena, von Leonardo da Vinci denken. Die Leute hier hätten ebenso gut vor fast zweitausend Jahren als die Jünger Jesu durchgehen können.

Der Erste Hauptkommissar war sich mittlerweile sicher, dass diese Kolonie, Kommune oder Sekte irgendwie auch eine Art Religion zelebrierte. Außerdem schien ihr Anführer gut informiert, wenn er Faber zuerst sehen wollte. *Wahrscheinlich weiß er bereits aus dem Internet, dass ich der leitende Erste Hauptkommissar der Kripo Emden bin, und ist daher interessierter an mir, als es die gute Lilu ist*, dachte Faber. Aber auf Befehle reagierte er erst einmal allergisch. Außerdem wusste er, dass Menschen gerne ihre wahren Gesichter zeigten, wenn man nicht das tat, was sie wollten.

»Wir gehen alle drei zuerst zu dem Einbrecher und sehen uns den Mann mal an. Dann gemeinsam zu Herrn Green«, erwiderte er unmissverständlich.

»Das wird Gabriel nicht gefallen!«, sagte dieser Robert recht bestimmt und blickte Faber feindselig an. *Der Junge sieht aus, als wolle er mich gleich anspringen*, schoss es Faber durch den Kopf, und er erwiderte den bösen Blick des jungen Mannes mit einem dümmlichen Lächeln.

Faber ließ sich auch mit Lilu auf keine Diskussion ein, zuckte bloß mit den Schultern und folgte ihr zusammen mit Philipp und Tamme. Als sie den Geräteschuppen aufschloss und Licht machte, waren alle erst einmal erstaunt von dem Fang, den die Engelskünstler gemacht hatten.

Fast hätte Philipp laut gelacht. »Die haben Hoss von Bonanza eingefangen«, sagte er und ging auf den mit den Händen nach hinten an einem Stützpfahl gefesselten Mann zu. Faber grübelte einen Moment, doch dann fiel ihm ein, dass er mit Opa Knut ein paar der alten Cowboy-Retroserien gesehen hatte. Bonanza war die Geschichte eines Witwers mit drei Söhnen, die im Wilden Westen für Recht und Anstand sorgten. Jetzt, wo ihm die Bilder wieder vor Augen standen, musste Faber Philipp recht geben. Dort unten saß ein älterer Hoss mit Jeans, Cowboystiefeln und einem karierten Hemd, in dem jeder waschechte Rancher hätte rumlaufen können. Er hatte ein ähnlich rundes, freundliches Gesicht und auch das schüttere Haar. Nur war dieser Mann bestimmt zwanzig Jahre älter und hatte augenscheinlich Kopfweh. Er kniff auf jeden Fall die Augen schmerzhaft zusammen und stöhnte bei dem Licht kurz auf. Philipp ging augenblicklich zu ihm und sah sich die Platzwunde am Hinterkopf an.

»Tamme, mach ihm mal die Fesseln los. Ich muss mir seinen Kopf ansehen, am besten setzen wir ihn ins Auto, damit ich die Wunde behandeln kann.« Tamme musste ganz schön rumfummeln, um den festgezogenen Strick aufzubekommen. Als der Mann die Arme endlich nach vorne nehmen konnte, atmete er erleichtert auf und rieb sich die Handgelenke mit seinen riesigen Pranken. Daher fackelte Tamme nicht lange und legte ihm vor dem Körper ein paar Handschellen an. »Sehen Sie mich gut oder vielleicht doppelt? Ist Ihnen schlecht?«, fragte Schorlau den Mann, bekam jedoch keine Antwort.

»Er redet nicht«, sagte Lilu zu Tamme. »Wir haben ihn schon nach seinem Namen gefragt. Vielleicht versteht er uns nicht.«

»Are you English? Peut-être Français?«, fragte Philipp. Auch bei den Fragen reagierte der Mann nicht. Faber beobachtete ihn genau. Irgendetwas in der Reaktion seiner Augen sagte dem Ersten Hauptkommissar, dass der Typ dennoch verstand, was hier geredet wurde. Philipp stand auf und ging zu Faber. »Es könnte sein, dass er eine Gehirnerschütterung hat. Aber genäht werden muss das nicht, ich säubere es kurz und er kriegt ein Wundpflaster drauf. Sieht aus, als hätte er eins mit einer Keule übergezogen bekommen.«

»Schaufel«, berichtigte ihn Lilu. »Als er Gabriel angriff, hat Robert mit der Schaufel zugeschlagen.«

»Wann war das?«, fragte Faber.

»Etwa um drei Uhr heute Nacht«, berichtete die junge Frau.

Philipp schüttelte den Kopf. »Na, dann ist es wohl keine Gehirnerschütterung, sonst wäre hier höchstwahrscheinlich Erbrochenes.« Tamme half dem steifen Mann hoch und war ebenfalls ziemlich beeindruckt, als der ihm auf Augenhöhe begegnete. Er hatte einen ziemlichen Schmerbauch, der besonders betont wurde, weil er das Hemd in der Jeans trug. Auch wenn jetzt ein Zipfel davon raushing. Seine Jeans wurde von einem markanten Ledergürtel zusammengehalten, dessen übermäßige Schnalle nicht gerade der hiesigen Mode entsprach. Tamme fragte sich, ob er in fünfundzwanzig Jahren ebenfalls so aussehen würde, und nahm sich vor, etwas mehr auf sein Gewicht zu achten. Lilu hatte den Geräteschuppen bereits verlassen, als Tamme den Riesen an Faber vorbeiführte.

»Müssen wir hier irgendwo noch Ihr Pferd einsammeln, Cowboy?«, fragte Faber leise, als der Mann an ihm vorbeiging. Kurz blieb der Mann stehen, sah in Fabers Gesicht und grinste. *Du verstehst mich sehr gut, mein Freund*, dachte der Hauptkommissar in dem Moment.

Nachdem Philipp den Mann im Audi verarztet und Tamme ihn mit den Handschellen im Wagen fixiert hatte, warteten sie darauf, dass Gabriel Green ihnen endlich eine Audienz gewährte. Ganze fünf Minuten ließ man sie draußen rumstehen und Robert sorgte dafür, dass sie sich nicht eigenständig vom Platz bewegten. Endlich kam Lilu aus dieser Kirche.

»Gabriel wird Sie jetzt empfangen können. Er war zur Sammlung im Tempel und möchte Sie gerne dort sehen«, sagte sie in ihrem typischen Singsang, der zwischen lasziver Pornodarstellerin und naivem Schulmädchen hin und her schwang.

»Na dann, meine Herren«, meinte Tamme, an den sich Lilu natürlich wieder gewandt hatte. Sie gingen auf diesen Tempel zu, der den Pagoden in der Verbotenen Stadt in Peking wohl am nächsten kam. Jedoch hatte dieser im Endeffekt zu viele Stilbrüche, um als Pagode bezeichnet zu werden. Der Tempel war rechteckig und hatte das typische doppelflügelige Walmdach dieser Art asiatischer Pavillons. Jedoch gab es keine Dachreiter in Form von Tieren wie Drachen oder anderen Symbolen. Dennoch waren hellbraune gewölbte Dachziegel verarbeitet worden, wie sie in Peking ebenfalls zu sehen waren. Das Holz der Wände war schlicht ohne Intarsien oder Schnitzereien. Anstatt der bunten Schnitzereien waren die Fenster und Türen durch große Buntglasfenster ersetzt worden. Auch der Teil zwischen den zwei Flügeln des Walmdachs bestand aus Buntglas. Und diese Fenster des Tempels waren wohl der schönste und imposanteste Teil. Faber konnte es kaum erwarten, dort einzutreten, denn jetzt, da die Sonne hell schien, musste das Innere vom Farbenmeer der bunten Glasmotive völlig erleuchtet sein.

Schorlau sprach Fabers nächsten Gedanken aus. »Das muss ein Vermögen gekostet haben«, brummte er vor sich hin, sodass nur Faber, der neben ihm ging, das hören konnte. Dann zeigte er auf die doppelseitige Flügeltür. »Und ja, unsere Künstler scheinen religiös zu sein. Da sind lauter Engel auf den Fenstern, und wenn ich mich nicht irre, vor allem die Erzengel.«

»Liegt ja wohl nahe. Schon vergessen, die nennen sich Angelus Artifex – ein Engel, der ein Künstler ist«, murmelte Faber zurück.

»Lilu, sag mal«, wandte Tamme eine ganz andere Strategie an und fragte offen: »Verehrt ihr hier Engel, ist das euer Glaube?«

Lilu lächelte geheimnisvoll wie die Mona Lisa. »Die Fenster sind wunderbar, nicht wahr? Gabriel hat eine Glaswerkstatt im Erzgebirge dafür gefunden und die Fenster bereits vor langer Zeit in Auftrag gegeben. Wenn du gleich in den Tempel gehst, wirst du die Erhabenheit dieses Gebäudes spüren«, antwortete sie so, dass sie sich noch nicht einmal auf seine Frage bezog.

»Na ja, die sind echt schön«, meinte der Wikinger lax. »Aber was hat das denn jetzt mit den Engeln auf sich?«

Doch Lilu drehte sich an der Tür zu ihnen, legte einen Finger auf den Mund, um ihn zum Schweigen zu bringen, und öffnete die Flügeltür, die beidseitig nach außen schwang. Der Anblick haute einen wirklich um und die drei Polizeibeamten gingen staunend in den Tempel. Es schlug ihnen ein würziger moschusartiger Geruch entgegen. Die Lichtreflexe schienen sich ständig mit der Sonneneinstrahlung zu verändern, variierten von einem dominanten Rot zu Gelb- oder Blautönen. Und auch die Formen verursachten bei Sonneneinstrahlung eine echte Sinnestäuschung, denn man glaubte, die abgebildeten Engel bewegten sich wahrhaft im Tempel.

»Das hat bisher noch kein Mensch außerhalb unserer Gemeinschaft gesehen«, hörten sie dann die Stimme eines Mannes. Als Faber sich endlich an die Lichtreize im Inneren gewöhnt hatte, erblickte er Gabriel Green. Er hatte sich für den Geschmack des Hauptkommissars etwas zu theatralisch in Pose gesetzt. Green saß auf einem runden Kissen auf einer erhöhten Fläche. Für den Hauptkommissar wirkte er zunächst wie so ein Yoga-Guru auf einer Bühne, wären da nicht die Hunde gewesen. Die beiden imponierenden und vor allem Angst einflößenden Rottweiler lagen links und rechts neben Green.

»Beeindruckend, wenn auch Ihre Selbstinszenierung ein bisschen übertrieben ist«, konnte Faber sich deshalb nicht zurückhalten.

»Ach, Sie meinen meine Hunde, Diwo und Cadejo«, erwiderte der Mann amüsiert. Es schien ihm Spaß zu machen, die drei Polizisten hier zu empfangen und seine Macht darzustellen.

»Diwo ist ein lähmender Hindukusch-Dämon in der Gestalt eines Hundes, und Cadejo ist in der mittelamerikanischen Folklore als ein Hundegeist, der Reisenden auflauert, bekannt. Der schwarze Cadejo soll sogar die Inkarnation des Teufels sein«, ließ Schorlau mal wieder vom Stapel. *Wissen, das lediglich Experten und Philipp Schorlau haben*, schoss es Faber durch den Kopf. Er fragte sich manchmal, woher Philipp das alles bloß wusste und ob er sich in seiner Freizeit eventuell doch einfach nur durch Lexika las.

»Oh«, meinte Gabriel Green beeindruckt. »Ein gelehrter Mann. Nun, meine Herren, anscheinend kann man Sie nicht leicht beeindrucken.«

»Das würde ich so pauschal nicht sagen«, übernahm Faber erneut das Wort. »Aber sagen Sie uns lieber mal, was für eine Art Gemeinschaft Sie darstellen. Sieht doch alles sehr heilig hier aus, mit den Engeln und so«, meinte er salopp und hob die Arme in Richtung der Buntglasfenster. »Dennoch vermute ich keinen anerkannten Glauben dahinter. Oder sind Sie vielleicht eine Abspaltung wie die Zeugen Jehovas oder eine Glaubensgemeinschaft wie die Zwölf Stämme?«, fragte er.

»Nur weil wir uns Engelkünstler nennen, ist das noch nicht religiös im herkömmlichen Sinne. Wissen Sie, ich schare sehr begabte Menschen um mich, die Skulpturen, Gemälde und andere Kunstwerke schaffen, die etwas Göttliches an sich haben«, erklärte Gabriel.

»Dann sind Sie wohl der liebe Gott dieser Gemeinschaft, oder wie muss ich das verstehen?«, haute Faber ein wenig unüberlegt raus, weil ihn diese Art Arroganz zur Weißglut brachte.

Gabriel stand auf, sofort erhoben sich auch die bulligen Hunde. Der Professor lachte nachsichtig. »Sie sehen das völlig falsch, aber wissen Sie, Sie sind keine Freunde dieser Gemeinschaft und noch weniger Mitglieder, daher kann und werde ich Ihnen keine Details geben. Denn ehrlich, es geht Sie nichts an«, erwiderte der Professor, und man konnte trotz eines großzügig aufgetragenen Laissez-faire eine gewisse Verärgerung heraushören.

»Verstehe« meinte Faber, »ich dachte nur, weil Sie uns in Ihren Tempel zitiert haben. Ist ziemlich hübsch im Übrigen, war bestimmt teuer«, fügte er an. »Gut, reden wir über den Einbruch«, wechselte er das Thema. »Ist etwas verschwunden oder beschädigt worden? Wollen Sie Anzeige erstatten? Wissen Sie, was der Mann hier wollte, oder kennen Sie ihn vielleicht?«, bombardierte der Erste Hauptkommissar ihn jetzt mit Fragen.

Gabriel ging erhabenen Schrittes aus dem Tempel, flankiert von den Hunden, daher folgten die drei Beamten ihm eher, als dass sie zu ihm aufschlossen. Keiner von ihnen wollte den Höllenhunden näher kommen, als es notwendig war.

Im Hof drehte sich Gabriel erneut um. In dem Moment stand auch dieser unangenehme blasse Robert wieder an seiner Seite. »Wissen Sie was? Nehmen Sie den Mann einfach mit. Nein, wir kennen ihn nicht. Nein, es wurde nichts gestohlen oder beschädigt und daher erstatten wir keine Anzeige. Der arme Mann scheint verwirrt, das ist wohl alles«, beantwortete Herr Green seine Fragen. Dann hob er die Hände und fügte an: »Wir würden es begrüßen, wenn Sie uns jetzt verlassen könnten, damit die Harmonie dieser Kolonie aufs Neue gewahrt wird.«

Das ließen sich die drei nicht zweimal sagen. Tamme stieg nach hinten zu dem großen Kerl und Schorlau nahm auf dem Beifahrersitz Platz. Kaum dass Faber mit dem Audi das Tor durchfahren hatte, schlossen einige der Leute es sofort hinter ihnen.

Gabriel blickte ihnen nach. »Haben wir eine Ahnung, was der Kerl hier wollte? Er war definitiv ein Amerikaner.«

»Das nicht, Verkünder, doch wir wissen, wer der Mann ist. Cedric hat ihn erkannt. Der Mann hatte sich in Berkeley bereits nach Chester erkundigt«, sagte Robert leise zu ihm.

»Chester Jefferson?«, fragte Gabriel rhetorisch. »Ein Verwandter?«

»Soweit wir wissen, ist er ein Onkel aus Texas«, erwiderte Robert. »Leider hartnäckig, da er einmal ein Cop war. Der gibt nicht auf.«

»Weiß Chester von dem Vorfall heute Nacht? Hat er seinen Onkel gesehen?«, fragte Green besorgt.

Robert schüttelte den Kopf. »Cedric kam sofort zu mir, als er ihn erkannte. Er brachte Phoebe zu Chester und bat ihn, mit ihr die gemeinsame Meditation durchzugehen. Phoebe war instruiert, die ganze Nacht bei ihm zu bleiben, und ist es immer noch. Er hat nichts mitbekommen.«

»Gut, Phoebe erweist sich als extrem nützlich. Sie ist eine unserer besten Rekrutierungen aus Leipzig. Trotzdem: Es gibt immer wieder ein paar Schafe, besonders die anderen Neuen, die den Mund nicht halten können«, gab Gabriel zu bedenken.

»Nicht, wenn du sie in den Tempel rufst und ihnen ein Schweigegelübde über den Mann, den Vorfall und auch die Polizei auferlegst«, schlug Robert vor, den Gabriel in letzter Zeit immer öfter Michael nannte. Dadurch stellte er ihn fast auf die gleiche Stufe mit sich selbst. Die Ehre, die Gabriel, der barmherzige Verkünder, Robert mit seiner Prophezeiung gemacht hatte, war nicht nur groß, sie bestimmte plötzlich Roberts ganzes Leben. Er sah sich selbst als Erzengel Michael, Anführer der himmlischen Heerscharen, Bezwinger des Teufels in der Gestalt des Drachen.

Daher musste Robert auch handeln wie ein Krieger und allen Schaden von Gabriel abwenden. Das machte ihn gefährlich, er war jetzt Gabriels Nummer zwei bei der Engelsgemeinschaft und dabei verschlagen wie eine Schlange. Die meisten Anwärter fürchteten sich vor Robert, und um ihm zu schmeicheln, nannten einige ihn bereits Michael.

Gabriel lächelte und nickte. »Ruf sie zusammen, das tue ich gleich. Du informierst Phoebe, damit sie bei Chester bleibt. Er soll natürlich nicht in den Tempel kommen. Mit dem Ex-Cop aus den Staaten und den Polizisten hier vor Ort haben wir schon genug Aufmerksamkeit auf uns gezogen. Es wäre zu gefährlich, Chester hier zu behalten. Es muss mal wieder ein Dorn aus dem Fleisch unserer Gemeinschaft entfernt werden. Mein Bruder, erledige du das! Dieses Mal, ohne dass wir involviert sind. Wir lassen den ganzen Umstand mit dem Flughafen. Wir informieren nur die Jünger, dass Chester ebenfalls in die USA abgereist ist, und zwar wird er das noch heute Abend. Das muss reichen!« Robert lächelte niederträchtig. Natürlich, Chester hatte einen amerikanischen Pass, er brauchte kein Visum, nur ein Ticket, und könnte von heute auf morgen abreisen. Doch dass Chesters Ziel nicht Cambridge sein würde, sondern dass er eine ganz andere Reise antreten würde, weckte eine kribbelnde Vorfreude in Robert. Er gefiel sich in der Rolle des rächenden Erzengels, und die Befriedigung, die er dabei empfand, interpretierte er als Gottes Segen. Und er war zu allem bereit, um Gott und Gabriel zu gefallen.

Kapitel 3

»Wenn er den Kerl nicht anzeigt, was machen wir dann mit ihm? Eigentlich gibt es keinen Grund, ihn aufs Revier zu bringen«, meinte Tamme, während Faber mit dem Wagen unschlüssig am Ende des Feldwegs stand.

»Er sollte erst einmal in ein Krankenhaus«, sagte Schorlau. »Komplett auszuschließen ist eine Gehirnerschütterung nicht. Deshalb fahr lieber nach Emden«, schlug der Doktor vor.

»Und Sie?«, fragte Faber zur Überraschung aller nach hinten. »Irgendwelche Wünsche, wohin Sie jetzt möchten, denn ich denke, Sie verstehen uns recht gut!«

»Well, mir wäre es lieber, nach Marienhafe in mein Hotel. Denn ich habe seit gestern Nacht keine Toilette mehr gesehen, Kollegen«, hörten sie plötzlich eine donnernde Stimme von hinten, die jedoch ganz anders klang als die des Wikingers. Schorlau drehte sich sofort um. »Ich denke, es geht nach links. Ich wäre Ihnen dankbar, wenn Sie sich ein bisschen beeilen«, sagte der Einbrecher in einem stark amerikanisch gefärbten, dennoch durchaus guten Deutsch.

»Dann haben Sie uns also verstanden«, meinte Faber und sah den älteren Cowboy im Rückspiegel an.

»Das haben Sie schon gemerkt, als Sie fragten, ob ich irgendwo hier ein Pferd angebunden habe. Aber können wir das später besprechen. Please, if not, I have to pee my pants!«

Faber verstand sofort, und bevor da was in die Hose ging, bog er rechts ab und hielt auf Marienhafe zu. Der Mann dirigierte ihn zum Hotel Linde im Zentrum. Er und Tamme sprangen aus dem Wagen und eilten die Treppe hoch in den ersten Stock. Faber parkte den Audi und folgte mit Schorlau. Als sie auch endlich in dem Hotelzimmer angekommen waren, hörten sie die Klospülung, dann den Wasserhahn und es erschien ein äußerst fröhlicher John. Den Namen hatte er ihnen im Auto noch nennen können. John Carpenter aus Fredericksburg in Texas mit einer langen Ahnenreihe, die aus Deutschland stammte.

»Better«, sagte der große Mann, nachdem er endlich erleichtert die Toilettentür geschlossen hatte. »Howdy!«, fügte er an und schüttelte erst Fabers, anschließend Schorlaus und Tammes Hand mit seiner Pranke. Die Hand war rau, wie man es von einem Handwerker oder Bauern kannte. Dann griff er in seinen Koffer, der aufgeklappt immer noch auf der Ablagebank lag, und zog ein paar Dokumente heraus. Diese reichte er Faber. »Ich war bis zu meiner Pensionierung ebenfalls ein Cop«, klärte er Faber auf, der das Foto nahm, auf dem man John in einer dunklen Polizeiuniform sah. Er war ein paar Jahre jünger, etwas schmaler und trug eine schwarze Uniform, die am Kragen zwei Sterne hatte. Die goldene Plakette auf seiner Brust bezeichnete ihn als ›Chief‹.

»Sie waren der Chief, Chef der Polizei von Fredericksburg, Texas?«, fragte Schorlau.

John tippte auf die Fotokopie, die Faber in der Hand hielt. Ein Dienstausweis und eine Polizeimarke auf John Carpenters Namen waren zu sehen. »Vor sieben Jahren bin ich in Retirement, wie sagst du auf Deutsch?«, meinte er und plötzlich fiel es ihm ein: »In Rente gegangen. Damals dachte ich, es ist vorbei, jetzt muss ich keine Criminals mehr jagen. Aber es kam anders.« Mit jedem Wort rollte es irgendwie in seiner Kehle und er hörte sich ein bisschen an wie ein brummender Bär. Selbst bei seinem guten Deutsch mussten alle genau zuhören, um ihn überhaupt zu verstehen. Irgendwie artikulierte er seine Worte hinten im Mund und es brummte und leierte ein wenig, als ob er schon den einen oder anderen Whiskey hinter sich hatte. Doch das war lediglich die texanische Aussprache und nichts weiter.

»Und wer ist das?«, fragte Faber bei dem nächsten Foto. Es zeigte John und einen blonden jungen Mann. Sie standen mit Schürzen bekleidet vor einem mächtigen Grill, auf dem Steaks lagen, die pro Stück mindestens ein Kilo auf die Waage brachten.

»Der Grund, warum ich hier bin. Das ist mein Nephew. Ich kenne den Ausdruck nicht auf Deutsch«, erwiderte John.

»Neffe«, steuerte Philipp bei und blickte fasziniert auf die Steaks auf dem Foto, was John nicht entging.

»Ja, das war er, bis er diesem Green auf den Kleber gegangen ist«, fuhr John fort.

Er wurde von Philipp unterbrochen. »Auf den Leim gegangen, nicht auf den Kleber«, verbesserte er den Texaner. »Wie viel wiegt so ein Steak?«, fragte der Doktor höchst interessiert.

»Fahren Sie fort, wir verstehen Sie schon. Halt mal den Mund, Schorlau«, mischte sich jetzt der Wikinger ein, der endlich die ganze Geschichte hören wollte.

»Warum gehen wir nicht runter und frühstücken, bevor es nichts mehr gibt? Ich habe Hunger wie ein Wolf«, schlug John vor. Als sie alle drei nickten, zog er sich schnell eine andere Jeans und ein frisches Hemd an, anschließend gingen sie runter in den Gastraum des Hotels Linde. Kaum hatten sie an einem großen Tisch Platz genommen, kam auch schon die Bedienung. »Schönes Fräulein, Hilde, für uns alle mein Spezialfrühstück und Kaffee!«, bestellte John schneller, als jemand etwas sagen konnte. Dann sah er die drei an und meinte: »Trust me!«

»Na gut, wir vertrauen Ihnen, auch wenn Sie ein einbrechender Ex-Cop aus den USA sind. Aber erzählen Sie weiter. Ihr Neffe wurde Mitglied bei der Angelus-Artifex-Sekte?«, lenkte Faber das Gespräch wieder auf das eigentliche Thema. »Haben Sie ihn in der Kolonie hier gesucht?«

»Ja«, meinte John, als Hilde mehrere Kannen Kaffee brachte und eindeckte. »Ich hatte ihn das letzte Mal auf der MAAD gesehen. Das ist die Massachusetts Academy of Art and Design. Chester, Chester Jefferson, so heißt der Sohn meiner jüngsten Schwester, ging dort auf die Universität. Er ist unglaublich begabt, ein guter Junge, vielleicht etwas zu sanft für einen Texaner. Sein Papa kam aus Maryland, der ist ein kluger Kopf, but a sissy, ich meine, er ist ein Weichei. Ches hat nun mal seine Gene. Dann traf Ches diesen Gabriel Green, und der machte aus unserem Jungen eine Marionette. Ich redete mit Chester, sagte ihm, dass seine Mama sich die Augen ausweint. Half alles nichts. Er ging nicht mehr auf die Uni, wohnte in der Kolonie in Cambridge und überschrieb Green seinen gesamten Studienfonds.«

»Und was sagte der Junge, als Sie mit ihm sprachen?«, fragte Faber und spielte in Gedanken versunken mit dem gezackten Messer, das Hilde allen gebracht hatte.

»Wer immer es war, mit dem ich sprach, es war nicht mehr Chester. Sie haben ihn auf dem Foto gesehen, er war ein großer Junge, der gut essen konnte. Doch der Chester, den ich vor der Universität abfing, der war dürr, halb verhungert und er war wie ein Fremder«, erzählte John traurig. Faber dachte kurz darüber nach, was halb verhungert bei John wohl heißen mochte. Denn sein riesiger Bauch hing weit über seiner Hose in etwa wie eine Kugel. Jedoch musste Faber dann an die Fotos denken, die der Privatdetektiv von Christian Färenfell geschossen hatte. »Die haben ihn völlig verändert. Brainwashing, you understand?«, fragte John.

»Brainwashing oder Mind Control ist psychologische Manipulation. Dabei werden mit Taktiken der mentalen Umprogrammierung das Selbstvertrauen und die eigene Urteilskraft der Zielperson angegriffen, um deren Grundeinstellungen und Realitätswahrnehmungen zu destabilisieren und anschließend durch neue Einstellungen zu ersetzen«, führte natürlich Philipp aus, als hätte er mal wieder irgendetwas auswendig gelernt. John nickte enthusiastisch und klopfte ihm zustimmend auf den Rücken, sodass er fast vom Stuhl gefallen wäre.

Faber nickte. »Sind Sie deshalb heute Nacht dort eingebrochen? Denken Sie, Chester ist hier in Deutschland?«

»Ich weiß, er ist hier. Ich habe einen Cousin bei der CBP, der U.S. Customs and Border Protection. Die CBP konnte bestätigen, dass er von Boston via New York nach Hamburg geflogen ist und bisher nicht mehr zurückkam. Er ist sogar als Student in Leipzig an der Kunsthochschule eingeschrieben«, beantwortete John die Frage.

»Eine gute Taktik. Als Student in den USA ist es einfach, nach Deutschland zu kommen und ein paar Gastsemester hier zu studieren. Man bekommt eine vorübergehende Aufenthaltserlaubnis, wenn man nur sein Auskommen und eine Bleibe nachweist«, ließ es sich Philipp wieder mal nicht nehmen, die Faktenlage darzustellen.

John deutete mit seinem rechten Daumen zu Philipp und nickte anerkennend. »He is sharp as a tack!«, lobte er, doch der Ausdruck zauberte nichts als Fragezeichen auf Philipps und Tammes Gesicht.

»Das bedeutet in Texas so viel wie: Du bist clever, verstehst, wovon du redest«, übersetzte Faber und seine beiden Kollegen sahen noch verwirrter aus. »Ich habe damals in Frankfurt bei einem Drogenfall mit einem Texaner international zusammengearbeitet. Der hat mir dauernd solche Sprüche um die Ohren gehauen.«

»Great«, lobte John. »Du bist ein Junge nach meinem Geschmack!«, fügte er an und grinste breit in Fabers Richtung. *Und dich muss ich unbedingt Knut vorstellen*, dachte der Erste Hauptkommissar. In dem Moment kam Hilde und jonglierte vier Essteller in Richtung Tisch.

Als sie jedem von ihnen einen dieser Teller vorsetzte, meinte sie sarkastisch auf Platt: »Ji Fröhstück, min Heren!«

Faber traute seinen Augen nicht und sah vorsichtshalber kurz auf seine Uhr. Es war wirklich erst Viertel nach zehn. Dennoch hatte man ihm ein gegrilltes Rumpsteak im eigenen Saft mit zwei Spiegeleiern darauf gebracht. Daneben lagen schmale Bratkartoffeln und jeweils ein Toast, der einmal diagonal durchgeschnitten war. Dann brachte Hilde noch A1-Steaksoße, die Faber von einigen der Fast-Food-Ketten kannte, in die Benny ihn manchmal nötigte.

»Gott Loff un Dank för uns neeiste Fründ«, sagte Tamme voller Liebe beim Anblick dieses Frühstückstellers. Schorlau fehlten wirklich mal die Worte. Er nahm sein Besteck mit der Erhabenheit eines Pathologen, bevor er einen Y-Schnitt setzen wollte.

»Was sagt er?«, fragte John und hatte sich bereits ein enormes Stück hinter die Kiemen geschoben.

»Er dankt Gott für solch ein Frühstück«, übersetzte Faber nicht gerade wortgetreu, denn ob John wirklich ein Freund würde, wollte der Erste Hauptkommissar nicht unbedingt von einem guten Steak abhängig machen.

»Ich musste am ersten Morgen hier im Hotel selbst in die Küche gehen und dem Chef zeigen, wie man das macht. Der war erst upset, ich mein ärgerlich. Als wir beide zusammen gefrühstückt hatten, wusste er, wie ein Cowboy frühstückt! Das hat Hinnerk gefallen, er will mich demnächst in Fredericksburg besuchen, wenn wir unser Rodeo-Festival haben«, gab John zum Besten.

Mannomann, wie bringe ich dem Cowboy jetzt bei, dass ich Pescetarier bin?, ging es Faber durch den Kopf, der Fisch und Meeresfrüchte, jedoch kein Fleisch aß.

Als Tamme und Philipp den ersten Bissen mit der Steaksoße und dem flüssigen Eidotter in den Mund schoben, hatte John sie vollkommen am Haken. *Man kann Kerle so einfach glücklich machen*, dachte Faber in dem Moment über einen von Rikes Lieblingssätzen nach. Keine Minute später handwerkelte Philipp mit seinem Steakmesser und der Gabel auf Fabers Teller rum und zerteilte das Rumpsteak. »Keine Sorge, Faber, Tamme und ich erlösen dich von der Kuh, kannst dafür meine Spiegeleier haben«, sagte er in einem uneigennützigen Ton, der vor Ironie triefte. Faber schüttelte den Kopf und schob ihm seinen Teller entgegen, damit er das Steak besser halbieren konnte.

***

Das ganze Team der Emder Kripo hatte im Großraumbüro Platz genommen. Auch John Carpenter war mit von der Partie. Der Amerikaner sinnierte immer noch darüber nach, wie man kein Fleisch essen konnte, und hatte Faber mehrmals gefragt, ob er eventuell krank war. Nach dem erhabenen Frühstück hatte der Texaner noch kurz geduscht und war dann frohen Mutes mit seinem Mietwagen Faber und seiner Gang gefolgt. Faber hatte, während sie auf John warteten, mit Laurien gesprochen. Sie hatte nach einigen Anrufen bestätigen können, dass John vor vier Tagen mit einer Maschine aus Austin, Texas, nach Frankfurt geflogen war und mit einer Anschlussmaschine nach Hamburg.

Dort hatte er sich einen Mietwagen genommen und war direkt nach Marienhafe gekommen. Sie fand im Internet auch Fotos des Ex-Chiefs der Polizei Fredericksburg. Dadurch war seine Identität für Faber zur Genüge geklärt. Und um den unternehmungslustigen Ex-Cop aus Texas unter Kontrolle zu behalten, hatte er ihm angeboten, mit aufs Revier zu kommen und sich Schorlaus Vortrag anzuhören.

Dort angekommen hatte Faber für das Team die Vorkommnisse des Morgens zusammengefasst, wobei er das Riesensteak zum Frühstück vorsichtshalber unerwähnt ließ. Das bedauernswerte Seufzen von Friedhelm und Torben wollte er genauso vermeiden wie das Augenrollen seiner Frau. »Gut, jeder ist wieder auf dem gleichen Stand. Philipp wird uns jetzt einen Überblick über Sekten geben«, führte er den Vortrag des Doktors ein. »John, wenn Sie etwas nicht verstehen, unterbrechen Sie ruhig und fragen.«

Satt und vor allem sehr fröhlich, was sich bei Philipp durch Ersteres automatisch ergab, erhob er sich und schaltete den Beamer ein. Und weil Doktor Schorlau sich Experte schimpfte, war aus seiner Zusammenfassung wirklich eine handfeste PowerPoint-Präsentation geworden.

Er stand auf und lief vor der angestrahlten Wand hin und her. »Sekten, meine Lieben, kann man als Glaubensgemeinschaften bezeichnen, die sich sehr oft einfach von einer Mutterreligion abgespalten haben. Das lateinische Wort Secta, der Ursprung des Wortes Sekte, bedeutet befolgter Grundsatz oder Richtung«, begann er seine Präsentation. »Dass der Begriff Sekte heute einen sehr negativen Beiklang hat, liegt daran, dass in vielen Sekten die Mitglieder beeinflusst und derart manipuliert werden, dass sie ihrem Führer willenlos folgen. Oft gelten sie dann als Fanatiker, die sich nicht mit kritischen Fragen auseinandersetzen wollen. Natürlich gibt es auch Sekten, die an Außerirdische glauben und so gar nichts mehr mit Religion am Hut haben.«

»Und wie erkennt man die, Philipp? Was ist eine Sekte überhaupt?«, fragte Friedhelm.

Philipp hob den Zeigefinger. »Gute Frage«, meinte er gönnerhaft und drückte auf den Knopf der Fernbedienung. Sofort sah man ein Chart an der Wand mit der Überschrift: *Was ist eine Sekte, die Merkmale.* Philipp zeigte auf die Punkte und erklärte: »Als Erstes gibt es den sogenannten Exklusivitätsanspruch. Das bedeutet, ihre Lehre ist die einzig richtige. Wissenschaft wird im Allgemeinen als schlecht abgelehnt. Der zweite Punkt: Positivität, denn alles ist einfach, für jedes Problem gibt es in ihrer Lehre eine Lösung und man muss nicht mehr nachdenken und sich quälen. Hier seht ihr dann schon, welche Leute dafür anfällig sind. Nämlich meistens die Menschen, die mit dem Leben überfordert sind.«

»Klingt auch sehr verlockend, wenn man auf alles Antworten hat«, steuerte Tamme etwas zynisch bei.

»Punkt drei wäre der Meister oder Guru«, fuhr der Doktor fort, ohne sich durch den Zwischenruf irritieren zu lassen. »Nur er oder sie ist im Besitz der gesamten Wahrheit. Punkt vier: Bei fast allen Sekten geht es um Katastrophen. Es wird behauptet, die Welt steuert auf ein Ende, einen Untergang hin oder der Jüngste Tag wird kommen und bloß diese Gemeinschaft weiß, was zu tun ist, was für den Zeitpunkt dann richtig oder falsch ist.«

»Daher sind ausschließlich sie in der Lage, die Menschen zu retten«, meinte Laurien.

Schorlau zeigte zustimmend mit dem Zeigefinger auf sie. Dann fuhr er fort: »Punkt fünf ist die Mitgliedschaft. Man verlangt, dass du schnellstens Mitglied wirst, langfristig dein Geld und die Ersparnisse für die Gruppe verwendest.«

»Du meinst wohl: verschwendest«, konnte Sonja sich nicht bremsen.

»Ruhig, Kinners, hört dem Doktorchen zu«, ermahnte Faber seine Leute und John lachte laut auf.

»Was Kritik betrifft, ist diese bei einer Sekte unerwünscht und jegliche negativen Argumente von außen werden schlichtweg als falsch abgetan. Das sind die ersten sechs Merkmale einer Sekte.«

»Und wenn jemand sein Geld überschrieben hat. An dem Punkt ist er oder sie bereits ein Mitglied in der Gruppe, oder?«, steuerte Faber fragend bei.

»So ist es«, bestätigte Schorlau. »Jetzt folgen die nächsten vier Punkte, die eine Sekte ausmachen, als da wären: Abgrenzung und Kontrolle.« Philipp räusperte sich und zeigte auf die nächsten zwei Kästchen. »Man wird ein neues Mitglied von Freunden und Familie fernhalten, man zwingt ihn oder sie bestimmte Kleidung zu tragen oder auch durch gewisse Rituale zu laufen. Ist das erledigt, geht es um Kontrolle. Man sagt dem neuen Mitglied, was und wie es Dinge zu tun hat. Jeder Kontakt außerhalb der Gruppe wird reglementiert.«

»Aber Philipp, das liegt doch alles auf der Hand, wenn man nur halbwegs bei klarem Verstand ist. Warum fallen denn immer wieder so viele darauf rein?«, fragte Rike ehrlich bestürzt.

»Wenn es dir recht ist, komme ich auf die Psychologie, die hinter der Wirkung solcher Gruppen steht, etwas später«, wiegelte er die Frage erst einmal ab. »Die letzten zwei Punkte, die eine Sekte ausmachen, sind die verlangte Arbeit und der Umgang mit Zweifeln. Das bedeutet nichts weiter, als dass man für die Gruppe schuften muss. Etwas verkaufen, Seminare besuchen oder geben und eigentlich hat man gar keine Zeit mehr für irgendwas anderes im Leben und ist ständig mit einem anderen Mitglied der Gruppe zusammen. Und sollten einmal einem Mitglied Zweifel kommen, dann weißt man es darauf hin, dass es selbst schuld ist. Dass es sich nicht genug dem Glauben hingegeben hat und sich selbst nicht genügend engagiert.«

Philipp trank einen Schluck Wasser und meinte anschließend mit tragender Stimme: »Als Nächstes sollten wir uns erst einmal die gefährlichsten Sekten der Welt ansehen.« Er drückte wieder auf die Fernbedienung des Beamers und ein neues Chart wurde an die Wand geworfen:

Die bekanntesten und gefährlichsten Sekten der Welt:

- Zeugen Jehovas, Charles Taze Russel, Anzahl der Toten unbekannt, jedoch vorhanden, infolge nicht genehmigter Operationen und der Verweigerung von Bluttransfusionen, Jahr, in dem die Sekte zuerst in Erscheinung trat: 1870
- Scientologen, Ron Hubbard, Tote unbekannt, Gerüchte vorhanden, 1954
- Manson Family, Charles Manson, 7 Morde, 1969
- Peoples Temple, Jim Jones ca. 900 Tote, davon fast 300 Kinder, beim Massenselbstmord, 1978
- Branch Davidians, David Koresh, 78 Tote, davon fast 30 Kinder (Waco), seit 1993
- Aum-Sekte, Shoko Asahara, 13 Morde ca. 6000 Schwerverletzte Sarin-Giftgas in der Tokioer U-Bahn, 1995
- Heaven's Gate, Marshall Applewhite, 39 Tote, 1997
- Sonnentempler, Luc Jouret/Joseph Di Mambro, 40 Tote, 1995

»Hm«, machte Faber. »Die Zeugen Jehovas? Ich habe mal gelesen, es gibt knapp neun Millionen von ihnen auf der Welt. Kann man da noch von einer Sekte reden?«

»Dann musst du auch Scientology rausnehmen, denn die haben weltweit circa sieben Millionen Mitglieder«, hielt Philipp sofort dagegen. »Jedenfalls sollten wir das Kriterium der Sekte nicht an deren Mitgliederzahl festmachen!«

Friedhelm hob die Hand. »Vielleicht an den Toten, die solch eine Sekte verursacht hat!«

Philipp lachte auf. »Na, dann ist ja wohl die größte Sekte die der Christen. Hunderttausende durch Religionskriege, Inquisition und die Hexenverfolgung.«

»Hey smartass, we in Texas believe in God!«, mischte sich John ein.

»Ja, Philipp, lass mal lieber deinen Zynismus zu Hause«, unterstützte Faber John, obwohl er und seine Familie Atheisten waren. »Konzentrieren wir uns auf eindeutige Sekten, ohne uns in Diskussionen zu verlieren!«

»Also gut, ihr Gutgläubigen«, sagte Philipp vorwurfsvoll in Johns Richtung. »Außerdem bin ich smart, aber kein ass«, fügte er an und John hob entschuldigend seine großen Pranken. Er tippte kurz auf seinem Computer rum und anschließend war ein neues Chart an der Wand, auf dem die eine Organisation fehlte. »Sehen wir uns mal an, woran diese Gruppen glauben. Auf Wunsch wurden die Zeugen Jehovas von der Liste genommen.«

»Und was ist mit den Bhagwans?«, fragte Torben.

Philipp rollte mit den Augen. »Ja, und was mit den Moons oder der Hare-Krishna-Bewegung oder den Shinchonji? Wir können auch bis morgen hier sitzen und jede einzelne Sekte besprechen. Ich dachte, wir schauen uns Sekten erst mal im Allgemeinen an, um die Engelsleute einzuschätzen«, maulte er Torben an.

»Schon gut, du Mimose. Dann mach weiter«, erwiderte der Ostfriese und zuckte ungerührt die Schultern.

»Vielen Dank«, entgegnete Schorlau sarkastisch. »Nun, sehen wir uns den Glauben an!«, sagte er und warf ein weiteres Chart an die Wand:

Der Glaube dieser Vereinigungen:

- Scientologen: Ziel der Scientology-Organisation ist die Erschaffung eines neuen Menschen scientologischer Prägung und einer neuen ausschließlich nach scientologischen Richtlinien funktionierenden Welt. Scientology strebt die Weltherrschaft an. Die Notwendigkeit einer »Scientologisierung« der Gesellschaft wird dadurch begründet, dass die Welt in ihrer derzeitigen Erscheinungsform zum absoluten Untergang verurteilt sei. Die Errettung liege allein in der Anwendung scientologischer Technologie, womit die Organisation einen Absolutheitsanspruch auf den einzig wahren Heilsweg erhebt. Mit einer ›ich‹ darstellenden Geist-Seele (Thetan) kann man zur Ewigkeit aufsteigen.
- Manson Family: Manson glaubte, dass insbesondere das *Weiße Album* der Beatles Botschaften an ihn enthalte. So entstand seine apokalyptische Vorstellung gemäß dem Lied *Helter Skelter*. Er deutete den Inhalt als Beschreibung eines bevorstehenden Endkampfes zwischen Schwarzen und Weißen, der sich durch

Rassenunruhen in den Vereinigten Staaten bereits abzeichne. Die von Manson begangenen Morde an Prominenten wollte er eigentlich Afroamerikanern anlasten. Diese sollten einen apokalyptischen Rassenkrieg provozieren.

- Peoples Temple: Jim Jones sah sich als Vertreter eines ›apostolischen Sozialismus‹, den er dem aus seiner Sicht zunehmend faschistischen System der USA gegenüberstellte. Er predigte Antikapitalismus, Antirassismus und einen brüderlichen Kommunismus, womit er in der Zeit der Proteste gegen den Vietnamkrieg, der Bürgerrechtsbewegung und der Morde an Martin Luther King und Malcolm X vor allem Jugendliche aus der Mittelschicht ansprach.
- Branch Davidians: Die Gemeinschaft glaubt an eine Variante des Glaubens der Siebenten-Tags-Adventisten, wonach die Erde seit der Schöpfung erst etwa 6000 Jahre alt wäre. Wenn vor Gott 1000 Jahre wie ein Tag sind, würde jetzt der siebente Tag anbrechen, der zugleich die in der Offenbarung des Johannes bestimmte tausendjährige Herrschaft Christi auf Erden bedeuten würde. Die Offenbarung macht für die Umbruchzeit vor dem Anbruch dieses Friedensreiches bildhafte Vorhersagen, die David Koresh mittels seiner Visionen auslegte. Demnach wäre er selbst das Lamm Gottes, dem in der Offenbarung eine besondere Rolle im Zusammenhang mit der Öffnung des Buchs mit den sieben Siegeln zugesprochen wird. Umstritten ist, ob er sich selbst dadurch auch mit Jesus Christus identifizierte.
- Aum-Sekte: Im Frühjahr 1985 hatte Matsumoto begonnen zu behaupten, er sei ein heiliger Krieger und Held, beauftragt, die Welt zu retten. Nach einer Reise zwecks Selbstfindung zu einem Berg im Norden Japans gab er an, dass er einen alten Mann getroffen und der ihn vor einer kommenden Apokalypse gewarnt habe. Auf einer zweimonatigen Reise nach Indien im Jahr 1986 behauptete Matsumoto Asahara, einem weiteren Weisen begegnet zu sein, der vorausgesagt habe, dass die Welt auf eine Katastrophe zusteuere. Dann formalisierte er seine Gruppe von etwa 35 Anhängern in eine Organisation namens Aum-Berg-Zauberer. Die Mitglieder von Aum Shinrikyo glaubten, dass sie, wenn sie

ihm folgten, seine angeblichen übernatürlichen Kräfte erlangen würden, wie die Fähigkeit zu schweben oder durch feste Objekte zu sehen und durch sie hindurchzugehen. Asahara behauptete, er könne die Katastrophe durch die Herbeiführung eines neuen spirituellen Zeitalters verhindern, das den gefährlichen materialistischen Trend umkehren würde. Er müsse Aum-Zentren auf der ganzen Welt eröffnen und mindestens 30.000 spirituell Erleuchtete überzeugen, der Welt zu entsagen. Für 1999 sagte er den Weltuntergang voraus.

- Heaven's Gate: Sie glaubten daran, dass der Erde ein ›Recycling‹ bevorstehe und dass ein außerirdisches Raumschiff hinter dem Kometen Hale-Bopp ihnen helfen werde, dieser Apokalypse zu entkommen. Am 19. März 1997, drei Tage, bevor der Komet der Erde am nächsten war, filmte Applewhite sich selbst. Er sprach darin von Massensuizid als dem einzigen Weg, die Erde zu verlassen. Er und seine Anhänger rechneten damit, dass ihre Seelen anschließend an Bord des Raumschiffs genommen und in eine höhere Entwicklungsstufe überführt würden.
- Sonnentempler: Der Tod existiert nicht, er ist nur eine Illusion. Basierend auf dieser Glaubensgrundlage wurde die Strategie, den Weltuntergang zu überstehen, fundamental geändert. 1994 eskalierte die Lehre in der Absicht, nach einem kollektiven Tod im Sternensystem Sirius wiedergeboren zu werden, um dort eine neue Menschheit zu begründen.

»Ich denke mal, bei denen können wir uns alle darauf einigen, dass es sich um Sekten handelt. Fast alle sind oder waren gefährlich, bei einer konnte es nicht bewiesen werden. Doch das sei dahingestellt, einigen wir uns darauf, um diese Engelsleute zu beurteilen«, meinte Rike und alle im Team nickten.

»Gut, dann komm ich zu dem letzten Punkt, nach dem du gefragt hast, Rike. Die Psychologie dahinter«, führte Philipp wieder aus. »Ganz generell sprechen Psychologen von destruktiven Kulturen. Das ist immer der Fall, wenn die Menschenwürde, der Handlungsspielraum und der freie Wille von Menschen mehr und mehr eingeschränkt werden«, Schorlau machte eine dramatische Pause. Alle kannten das von ihm, nur John war damit nicht vertraut.

»Wie machen die das?«, fragte er, ohne die Theatralik des Doktors genug zu würdigen.

»Amerikaner, immer so ungeduldig!«, tadelte Schorlau ihn. »Was die Techniken angeht, die solche Sekten anwenden, müssen wir uns zwei sehr unterschiedliche Methoden ansehen. Erstens die Techniken der Gewinnung von neuen Mitgliedern.« Wieder erschien ein neues Chart an der Wand.

- Sekten wenden sozialpsychologische Tricks an, um Mitglieder zu gewinnen, etwa das ›Lovebombing‹, bei dem Neuankömmlinge mit Aufmerksamkeit, Nähe und Zuneigung überschüttet werden.
- Auch die ›Venusfalle‹, sexuelle Attraktivität, kommt zum Einsatz. Bei Männern meistens von weiblichen Mitgliedern der bestehenden Gemeinschaft. Wobei von Frauen oder Mädchen das zum Teil erwartet wird, um ihre Aufgabe in der Gruppe zu erfüllen. Bei weiblichen Neumitgliedern ist es meist der Guru oder Anführer, oft ein charismatischer Mann, der junge, unsichere Frauen an sich bindet.

»Wenn es dann darum geht, die überzeugten Mitglieder fest in die Gruppe einzubinden, oder in Fällen von Konflikten, bearbeitet man ihren Geist und ihren Körper«, kam Philipp langsam zum Schluss und tippte auf die Tastatur, um wieder ein neues Chart an die Wand zu werfen.

- Meditation, Fasten, Schlafentzug, schamanistische und vergleichbare ekstatische Techniken, hypnoseähnliche Verfahren, destabilisierende therapieähnliche Gruppen- und Einzeltrainings, Experimente mit Rauschdrogen, körperliche Strafen, Liebesentzug, Sexentzug
- Extrem gewalttätige Sekten bestrafen ihre Mitglieder körperlich, manchmal auch mit dem Tod eines Anhängers

»Und nun der letzte Punkt«, sagte Schorlau. »Warum schließen sich Menschen Sekten an? Wie ist das überhaupt möglich bei einer aufgeklärten, durchschnittlich gut gebildeten Gesellschaft?«, fragte er in die Runde, erwartete aber keine Antwort. »Es ist die Suche nach Einbindung und Zugehörigkeit, die Suche nach Halt und Klarheit. Es sind Wünsche nach persönlicher Aufwertung, Selbsterweiterung oder Einzigartigkeit sowie die Suche nach etwas Neuem. Und fast immer sind diese Wünsche Resultate von Traumata in der Kindheit, zerbrochenen Familien, schmerzhaften Erlebnissen, die zu einer Hilflosigkeit geführt haben.« Philipp machte wieder eine theatralische Pause. »Und, liebe Leute, bildet euch ja nicht ein, gegen die Beeinflussung von solchen Gruppen immun zu sein«, sagte der Doktor zum Schluss. »Denn die meisten Menschen sind unter bestimmten Bedingungen, in Lebenskrisen, depressiven Phasen, bei Krankheit oder dem Verlust eines geliebten Menschen gefährdet, solchen Organisationen ins Netz zu gehen.«

»Und was unsere Sekte mit dem Namen Angelus Artifex angeht, haben die sich auf einen sehr sensiblen, einfühlsamen Teil der Gesellschaft spezialisiert. Junge Menschen, die Künstler sind und von Natur aus verletzlicher und feinfühliger als andere Zeitgenossen«, beendete Faber Schorlaus Vortrag.

***

Sie hatten alle erst einmal eine kurze Pause gemacht und sich eine Tasse Kaffee beziehungsweise einen Espresso macchiato geholt. Als John den ersten Schluck des starken italienischen Kaffees trank, den die Maschine brühte, meinte er: »That Coffee's so strong it'll put hair on your chest«, und verzog das Gesicht.

»Wat hett he seggt?«, fragte Friedhelm auf Platt.

»Dass der Kaffee derart stark ist, dass man Haare auf der Brust kriegt. Du musst wissen, die Amerikaner trinken Blümchenkaffee«, erklärte Tamme, dessen Englisch auch ziemlich gut war.

»Haare auf der Brust habe ich auch ohne Kaffee. Da soll John mal deinen Espresso probieren. De Koffje is so stark, dat d'r en Lepel in stahn kann!«, erwiderte der Polizeimeister.

Faber mischte sich ein. »Hört mal, Leute: Wenn es geht, kein Platt, und John, du bitte kein Englisch, wenn es nicht sein muss!« Er hatte wenig Lust, die Zeit mit Übersetzungen zu vertrödeln. Dann wandte er sich an Philipp. »Danke, das war ein richtig guter Vortrag. Vieles war mir so noch nicht klar. Wie können wir das nun weiter auf die Angelus-Artifex-Gemeinschaft anwenden?«

»Von den zehn Punkten, die eine Sekte ausmachen, treffen fünf bei der Angelus-Artifex-Gemeinschaft auf jeden Fall zu. Sie haben einen Guru, sie scheinen sehr positiv zu sein, es gibt Kontrolle und Abgrenzung und natürlich die Mitgliedschaft, die sich in Kleidung und den Geldgeschenken manifestiert«, meinte Laurien. »Anscheinend werden wir von aktiven Mitgliedern oder diesem Gabriel nichts über den Glauben erfahren. Denn wie der Kerl Faber sagte, wir sind weder Freunde der Gemeinschaft noch Mitglieder.«

»Und was schlägst du vor?«, fragte der Chef.

»Wir müssten einen Abtrünnigen finden, jemanden, der die Gemeinschaft verlassen hat«, kam die prompte Antwort von ihr.

John richtete sich auf. »Well, das wird nicht leicht. Zu Hause, ich meine während meiner Recherchen in Massachusetts, bekam ich Namen von Ex-Mitgliedern der Sekte zugetragen. Doch finden konnte ich keinen Einzigen von ihnen. Die verschwanden sofort und tauchten nie mehr auf.«

»Wahrscheinlich hatten sie Angst vor einer Rache und verschwanden deshalb von der Bildfläche«, schlug Rike vor.

Faber runzelte die Stirn. »John, kannst du dir vorstellen, dass diesen Aussteigern vielleicht mehr passiert ist, als nur von der Bildfläche zu verschwinden? Haben die Engelsleute eine gewalttätige Ader?«

John nickte. »Das habe ich auch schon gedacht. Doch wenn dem so ist, dann agiert Gabriel Green sehr vorsichtig. Jedenfalls haben die Eltern von Aussteigern nie mehr etwas von ihren Kindern gehört.«

Faber nickte. »Laurien, warum setzt du dich nicht zusammen mit John an diese Aufgabe? Ich nehme mal an, wir werden eher in den Staaten fündig. Tragt die Namen aller Aussteiger zusammen, checkt die sozialen Netzwerke und sprecht mit den Eltern. Vielleicht könnt ihr über die Universität einiges erfahren, denn die aufgebrachten Eltern haben sich bestimmt zuerst bei der MAAD beschwert.«

»Ich weiß nicht, ob wir dadurch weiterkommen, Gabriel is slicker than a boiled onion. Entschuldigung, ich meine damit, er ist gerissen und unehrlich. Ich halte ihn für gefährlich und befürchte, wenn jemand aus der Sekte aussteigt und noch lebt, hält er oder sie besser den Mund. Wir können es dennoch versuchen, wenn du willst, Ma'am«, sagte John und Laurien nickte ihm zu. Sie wollte nichts unversucht lassen, und bis sie es sich selbst angesehen hatte, gab Laurien so schnell nicht auf.

»Okay, seid ihr anderen eigentlich weitergekommen mit den Punkten, die ihr heute Morgen verfolgen wolltet?«, fragte Faber dann an Sonja, Rike und die beiden Polizeimeister gewandt.

Friedhelm hob wie immer die Hand und Faber nickte. »Torben und ich sind heute durch Marienhafe gelaufen und haben auch mit den beiden Polizisten der Wache dort geredet. Alle sind eigentlich verhalten, was die Künstlerkolonie angeht. Aber das sind Ostfriesen ja immer gegenüber Fremden. Jedoch hat sich keiner beschwert. Marienhafe hat eine ganz gute Infrastruktur. Von Aldi über Lidl bis zu Combi-Markt und Edeka sind dies für so eine kleine Stadt eine Menge Supermärkte. Dort hat man die eigenartig gekleideten Künstler gesehen, genauso wie in Grünhoffs Backstuuv, beim Wochenmarkt und manchmal sogar in der Eisdiele. Sie kaufen ihre Gartengeräte in den kleinen lokalen Läden. Es scheint, sie unterstützen die ansässigen Geschäfte und Bauern, wo sie Grundnahrungsmittel einkaufen.«

Dann übernahm Torben. »Wir waren bei vier der ansässigen Ärzte. Die berufen sich aufs Arztgeheimnis, sagten uns aber, dass die wenigen Mitglieder der Kolonie, die bei ihnen waren, nie alleine auftauchten. Selbst bei der Untersuchung war immer eine zweite Person zugegen. Ich muss sagen, die Ärzte waren eigentlich die Kritischsten aus Marienhafe.«

»Hatten die mal einen Unterernährten dabei?«, fragte Philipp, der seine Präsentation runtergefahren und sich genug an Fabers Lob ergötzt hatte.

»Nein, es wurden wohl nur zwei Schwangerschaften festgestellt und Überweisungen zu gynäkologischen Praxen ausgestellt. So viel konnte man uns sagen, aber Namen wurden keine erwähnt. Keines der männlichen Mitglieder war bei einem der Ärzte, mit denen wir sprachen. Bei den restlichen haben wir Nachrichten hinterlassen, dass sie sich bitte bei uns melden«, beantwortete er die Frage.

»Danke, Torben und Friedhelm, gut gemacht«, lobte Faber sie. Er sah Rike an. »Konntest du was über die finanzielle Lage der Kolonie rausfinden?«

Rike atmete laut aus. »Das Ganze ist so verschachtelt, dass sich eine finanzielle Lage nur schwer feststellen lässt. Ihr müsst nicht glauben, dass die Kolonie etwa wie eine Genossenschaft aufgebaut ist. Sie besteht aus mehreren Firmen, die eingetragen sind. Einmal geht es um ein Lehr- und Seminarunternehmen, das Kurse von Yoga bis zur Malerei anbietet und sehr stark alle Universitäten bewirbt. Des Weiteren haben wir einen Internetversandhandel, bei dem man alle möglichen Dinge von esoterischen Heilkristallen bis zu Engelsanhängern findet. Außerdem ein Spendenkonto, auf das erstaunlicherweise so einige Beträge geflossen sind. Dann eine Galerie mit Bildern von Gabriel Green, der als Maler sogar einen Namen in den USA hat. Dort werden aber auch Bilder von Mitgliedern verkauft. Selbst wenn das alles wie gesagt sehr verschachtelt ist, hält Gabriel Green überall irgendwie die Zügel in der Hand und ist Besitzer von jedem Vermögenswert. Manche Anteile werden von Firmen in den USA gehalten, von denen ich annehme, dass sie dort ebenfalls Green gehören. Das gilt auch für die Kolonie mit Grund und Boden und Gebäuden.« Sie machte eine kurze Pause. »Eigentlich müsste ich, besonders was die ausländischen Anteilsinhaber angeht, noch weiter recherchieren, doch das ist nicht so einfach in den Staaten.

Vielleicht kann John mich da unterstützen.« Immerhin hatte Rike die Namen der Firmen und ihre Verbindungen an die Glaswand geklebt.

»Sure«, sagte John sofort. »Gleich zwei schönen Frauen, denen ich helfen kann!«

Sonja erhob sich. »Bei mir war es leider nicht besonders erfolgreich. Chef, ich denke, ich sollte nach Leipzig fahren und vor Ort mit Studenten und Professoren reden. Mein Telefonat mit der Hochschulleitung war eher beiläufig. Man wollte oder konnte nicht mit mir über Gabriel Green per Telefon sprechen. Ich hatte den Eindruck, es gab eine gewisse Angst vor rechtlichen Schritten, falls etwas Internes ausgeplaudert wird. Lass mich dorthin fahren, eine Übernachtung, und dann kann ich mit Studenten, Professoren, Eltern und auch den Kollegen der Polizei direkt reden«, schlug Sonja vor.

Faber grübelte einen Moment. Dafür, dass es eigentlich kein richtiger Fall war, kamen da Spesen auf ihn zu. *Aber auf die paar Euro kommt es nicht an, dies alles könnte sich als größer erweisen, als wir annehmen*, dachte er und nickte. »Mach man und nimm unseren Wikinger mit. Eine Übernachtung und Freitag seid ihr wieder hier. Und seht zu, dass ihr jemanden findet, der uns mehr sagen kann. Also dann alle mal an die Arbeit, wir haben heute noch ein paar Stunden. Ich werde mich mal um Chester Jeffersons Einreise und um Christian Färenfells Ausreise kümmern. Außerdem versuche ich rauszubekommen, wann das letzte Mal die Kreditkarten der jungen Männer benutzt wurden.«

Kapitel 4

Marienhafe vor ein paar Monaten

Nachdem vor zwei Wochen das Wunder mit den Flügeln im Tempel geschehen war, konnte niemand mehr einen Zweifel unter den Anhängern säen. Sie verehrten Gabriel wie nie zuvor, jedoch hatten sie fast die gleiche Verehrung für Christian entwickelt, den jeder nur noch bei seinem Engelsnamen Uriel nannte. Beide waren die von Gott auf der Erde manifestierten Erzengel, die Gottes Armee neu aufstellen sollten. Drei der Frauen waren mittlerweile schwanger und Gabriels Engelskinder sollten geboren werden. Einige der jungen Anhängerinnen waren bereit, auch von Uriel ein Kind zu empfangen. Das wiederum schürte Roberts Hass auf Christian umso mehr.

»Uriel«, sagte Gabriel zu Christian beim Zwiegespräch im Tempel. »Du hast mit dem Fasten gebrochen, das ist gut. Du isst und kommst zur Kraft. Du wirst dich erholen und außer deinen Meditationen kein weiteres Tagewerk erledigen. Ich brauche dich in unserer Zentrale in Cambridge. Wie mir berichtet wurde, sind unsere Jünger dort dem Zweifel erlegen. Du musst sie auf den rechten Weg zurückführen. Myra hat für dich bereits eine Reisegenehmigung für die USA beantragt und wird dich zusammen mit Robert zum Flughafen bringen, sobald wir die Bestätigung haben. In ein paar Tagen wirst du fliegen.«

»Wäre denn nicht Robert die bessere Wahl für die USA? Er wurde dort geboren, er kennt unsere Leute dort«, merkte Christian an.

»Hast du Bedenken, dem nicht gewachsen zu sein?«, fragte Gabriel etwas tadelnd.

»Nein, ganz und gar nicht«, erwiderte der junge Mann. »Aber wirst du alleine zurechtkommen, Gabriel?«, teilte Christian dem Verkünder endlich seine wahre Sorge mit. Er sah seinem Bruder ins Gesicht, seine Frage hatte er aus purer Liebe und Fürsorge gestellt. Gabriel nickte verständig wie ein Vater, musste jedoch seine Wut über die Anmaßung, die sich dieses Bürschchen erlaubte, tief in sich wegsperren. Andernfalls hätte er den Kerl, das Monster, das er selbst geschaffen hatte, angefallen. Nur jetzt war erst einmal die Zeit, sich in Geduld zu üben, denn eines hatte Gabriel nie getan: persönlich zu nahe bei einer Vernichtung dabei zu sein. Er hatte selbst nie ein unwürdiges Leben für Gott genommen.

»Ich werde dich schmerzlich vermissen, wir meditieren in Gedanken jeden Abend miteinander. Eine menschliche Distanz, und wenn sie zwischen zwei Kontinenten liegt, bedeutet uns gar nichts, Bruder«, presste Gabriel heraus und versuchte, sanft zu klingen. »Geh jetzt und ruhe dich aus! Du musst frisch aussehen und kraftvoll sein, wenn du in unserer Zentrale ankommst. Es warten große Aufgaben auf dich!«

»Bruder, hat Gott dir gesagt, wann ich meine Flügel bekomme?«, fragte Christian, nachdem er bereits aufgestanden war.

Gabriel lächelte wissend und nickte. »Nicht mehr lange, Uriel, nicht mehr lange und dann wird er es dir selbst sagen!«

Christian verließ den Tempel. Seit er wieder angefangen hatte regelmäßig zu essen, erschien es ihm, dass Gott nicht mehr so intensiv bei ihm war. Doch Gabriel hatte recht, er musste seine Aufgaben in Amerika erst erledigen, bevor er hoffen konnte. Christian suchte sein Zimmer auf, um zu meditieren und zu schlafen. Denn selbst nach zehn Stunden Schlaf war er aufgrund der letzten Monate immer noch so müde, als hätte er gar nicht geschlafen. Er sah es als Zeichen, Kraft zu tanken, bereit zu sein für eine größere Aufgabe.

Kaum dass Christian weg war, hatte Gabriel Robert rufen lassen. Wie immer saß Gabriel auf seiner erhöhten Position mit beiden Hunden an seiner Seite. »Robert, ich spüre, du bist seit dem Vorfall im Tempel nicht mehr im Gleichgewicht. Was ist los? Komm, setz dich zu mir.«

Robert nahm vor Gabriel Platz, der einem der Hunde die Hand auflegen musste, weil dieser wegen Roberts Nähe knurrte. »Mein Verkünder, ich verstehe Gottes Entscheidung nicht. Uriel hat dich rausgefordert, Gabriel. Wie konnte er verlangen, dass du deine Flügel zeigst? Will Gott ihn wirklich belohnen?«

Gabriel blickte ihn wohlwollend mit einem gütigen Schmunzeln an und ergriff Roberts Hand wie die eines naiven Kindes. »Mein lieber Robert, glaubst du wirklich, ich sehe nicht, was hier passiert? Christian ist krank, er folgt einem falschen Glauben, will unter uns Zwietracht säen. Nein, das lassen wir nicht zu. Myra besorgt ihm eine Reisegenehmigung und ein Ticket. Er soll bald fliegen, sobald die Formalitäten erledigt sind. Mittlerweile ist er wieder zu Kräften gekommen, hat das Fasten gebrochen, wie ich es ihm auftrug. Er soll gesund aussehen, wenn er unsere Anhänger verlässt. Auch wenn er momentan nicht so wirr spricht und handelt, denk immer daran, Christian ist verdorben. Er hat den Teufel in seinem Leib aufgenommen. Denn was Gott mir wirklich sagte, war, dass Christian mich herausfordern wird und ich meine Flügel zeigen muss. Gott wusste es, doch er verkündete mir noch mehr. Er sprach über dich!«, sagte er mit tragender Stimme, dann wurde er leiser. »Robert, du bist es wirklich, mein Bruder, dein Engelsname ist Michael, und zwar mein Erzengelbruder. Der Kriegerengel, der den Teufel des Paradieses verwies. Es ist dein Schicksal, du vertreibst den Teufel, und das verlangt Gott von dir, wie er es schon einmal tat«, sagte Gabriel mit feierlicher Stimme.

»Ich, mein Verkünder, euer Bruder Michael, ein Erzengel?«, fragte Robert ungläubig und musste sich beherrschen, nicht gleich aufzuspringen vor Freude.

Gabriel lächelte, denn er sah seine Freude. Dann erhob er sich und ging an den Holzschrein, der nur zu sehr seltenen Anlässen einmal geöffnet wurde. Mit dem Schlüssel, der immer an einer Kette um Gabriels Hals hing, öffnete er die schwere mit Holzschnitten verzierte Kiste und griff hinein. Darin lagerten Artefakte, wie Gabriel sie nannte. Er griff nach einer länglichen Holzkiste. Als er sie öffnete, sah Robert einen Dolch in einer silbernen Scheide. Gabriel zog den Dolch aus der Scheide. Es war ein schmuckloses langes Messer, dessen Klinge als Vierkant begann und sich verjüngend zur Spitze scharf zulief. An den vier Seiten waren Vertiefungen eingelassen, die ebenfalls auf die Spitze des Dolches zuliefen. »Michael, es ist einer der Engelsdolche, nur er kann uns, aber auch die Dämonen der Hölle töten. Bruder, du wirst diesen falschen Uriel fortbringen. Du musst tun, was du schon einmal für unseren Herrn, unseren Vater, getan hast. Den Teufel, der Christian in Besitz genommen hat, besiegen und zurück in die Hölle stoßen! Jedoch wirst du es nicht alleine tun. Ich stelle dir Myra an die Seite, denn der Dämon ist zu stark für einen Gotteskämpfer allein.«

Noch in derselben Nacht teilte Myra mit Gabriel das Bett. Sie lag glücklich in seinem Arm. »Gabriel«, flüsterte Myra, »endlich ist das Wunder geschehen, wir haben uns verschmolzen.«

»Meine Liebste, ich habe es schon gehört. Unser Samen ist aufgegangen. Wir werden ein gemeinsames Engelskind haben!«, erwiderte er und zog sie an sich.

»Ja, endlich, so lange haben wir darauf gewartet. Gabriel, das Kind ist in mir«, erwiderte Myra und küsste ihn.

»Gut, und du wirst das Ungeborene stärken, indem du den Teufel aus einem der Unsrigen vertreiben wirst. Samael hat von Christian Besitz ergriffen. Du und Robert, ihr werdet ihn zum Flughafen bringen. Den Rest wird dir Robert erklären. Ich habe ihm bereits gesagt, dass du und er gemeinsam den Dämon vertreibt«, gab Gabriel seine Anweisungen.

»Christian?«, fragte Myra etwas skeptisch und setzte sich auf. Gabriel betrachtete ihren schönen nackten Körper. »Es war dreist, dich nach den Flügeln zu fragen, doch Gott wollte, dass wir sie sehen. Denkst du wirklich, Samael ist in ihn gefahren?«, vergewisserte sie sich fast flüsternd. Der Name des Tieres sollte eigentlich nicht im Tempel genannt werden, aber Gabriel hatte ihn auch ausgesprochen. *Christian?*, dachte Myra. Er war für Myra irgendwie etwas Besonderes. Immerhin hatte sie den jungen naiven Künstler einmal zur Kolonie gebracht und dadurch hatte sie eine gewisse Verantwortung für ihn übernommen. *Er wirkt eigentlich nicht, als wäre er vom Teufel besessen*, dachte sie in dem Moment. *Vor allem seit er seine Exerzitien beendet hat, sieht er auch wieder einigermaßen gesund aus*, hing sie weiter ihren Gedanken nach, obwohl sie zugeben musste, nicht mehr viel Kontakt mit ihm zu haben.

Gabriel runzelte die Stirn. »Zweifelst du an meinen Worten?«, fragte er, als ob er ihre Gedanken gelesen hätte, strich ihr Haar nach hinten und zog sie wieder in seine Arme. »Warst du zu viel mit ihm zusammen? Hat ein Schatten von Samaels dunkler Macht auf dich abgefärbt?« Er betrachtete sie voller Sorge. »Denk an das Kind. Wir wissen alle, dass du besonders anfällig bist, wenn die Frucht in dir reift.«

Myra sah ihn entsetzt an. »Nein, nein, Verkünder. Was wünschst du, das ich und Robert tun?«

»Robert ist angewiesen. Du wirst ihn unterstützen. Christian muss geholfen werden, denn es ist nicht Uriel, der in ihm wohnt. Glaube mir, mein Licht, meine Geliebte, Samael hat sich wieder einmal bei uns eingeschlichen, wie der Teufel das in Cambridge schon so oft getan hat«, versicherte Gabriel und Myra nickte beflissen. Sie kannte diesen Ausdruck auf seinem Gesicht. In Cambridge hatte sie bloß am Rande mitbekommen, was passierte, weil dort Bianca diese Art von Arbeit übernahm. Hier und jetzt durfte sie nicht zulassen, dass Gabriel ihren Glauben anzweifelte, denn sie würde das Kind eines Erzengels austragen. Daher nahm sie die kleine Holzkiste, die er jetzt neben dem Bett ergriffen hatte und ihr hinhielt. Sie wusste, was darin lag. »Einen der Dolche habe ich bereits Robert gegeben. Du, meine reine Seele, da du die Hoffnung in dir trägst, wirst mit dem letzten Stoß den Dämonen zurück ins Feuer der Hölle werfen. Denn sowohl die Engel als auch der dunkle Samael, der in der Form eines Dämons die Menschen besetzte, können nur auf diese Weise vernichtet werden. Mit den Engelsdolchen.« Myra wusste, wie man diese handhaben musste. Wenn sie daran dachte, wurde ihr übel. *Kann ich das?*, fragte sie sich.

Es war unheimlich, als Gabriel ihren Gedanken beantwortete, indem er sagte: »Ja, das kannst du, mein Licht!«

Es war das erste Mal, dass Myra eine Art Furcht empfand in seiner Anwesenheit.

***

Klein Hauen heute

Faber konnte sich des Gefühls nicht erwehren, dass es besser wäre, John Carpenter in seiner Nähe zu behalten. Denn er war Philipp mit seiner Spontanität und Sturheit sehr ähnlich und, was seinen Neffen Chester anging, wohl zu allem bereit. Und bevor der Amerikaner noch einmal in der Engelskolonie einsteigen konnte, hielt er ihn lieber selbst unter Kontrolle. Er lud John ein, gemeinsam mit Philipp in Opa Knuts Haus zu wohnen. So fuhr John am Ende des Tages gemeinsam mit Philipp nach Marienhafe, um aus dem Hotel Linde auszuziehen. Faber und Rike besorgten beim griechischen Restaurant Zorbas in Greetsiel ein reichhaltiges Abendessen. Denn auch John konnte genau wie Philipp einiges vertilgen. Außerdem wäre ein Abendessen ohne Fleisch für den Cowboy wahrscheinlich kein anständiges Mahl gewesen. Mit reichlich Gyros für die beiden Omnivoren, Krautsalat, Zaziki, gerösteten Kartoffelecken, gebratenen Auberginen und gebackenem Schafskäse für Faber kehrten sie heim. Während John und Philipp sich bei Opa einrichteten und die Betten bezogen, wärmte Faber das Essen im Ofen auf. Gegen acht Uhr saßen sie zusammen auf Fabers Terrasse.

Es war warm geworden, und wie immer an der Küste wehte ein leichter Wind. Es war jedoch nicht so heiß, dass es ein Abend für Stechmücken war. Sie hatten schweigend gegessen und genossen den Abend mit einem Glas Lugana, den Rike aus dem Keller geholt hatte. Wenn die Kinder nicht da waren, trank sie gerne mal einen Schluck. John tauschte mit Philipp Steaksoßen-Rezepte aus, während Rike und Faber ihren Gedanken nachhingen. Es war bereits kurz nach neun, als es plötzlich an der Tür klingelte.

»Lass nur, ich geh schon«, meinte Rike und machte sich auf den Weg. Als sie die Tür öffnete, war sie bass erstaunt, wer da plötzlich vor ihr stand. »Mensch Georg, was machst du denn hier?«, fragte sie. Sie hatten ihren Freund Georg Mitschrei das letzte Mal vor etwa einem Jahr gesehen. Es war bei Sofias Namensgebungsfeier. Da die gesamte Familie Waatstedt/Faber nicht religiös war, hatten sie Sofia nicht taufen lassen. Stattdessen hatten sie eine Feier mit Freunden, Kollegen und Nachbarn gefeiert, auf der die Kleine offiziell ihren Namen bekam.

Georg nahm Rike in den Arm. »Ja, ist schon eine Weile her. Wie geht es eurer Fia und Benny?«, fragte er auch prompt.

Rike zog ihn am Arm herein und sagte dabei: »Alles gut bei uns und den Kindern. Komm, wir sitzen auf der Terrasse. Magst du ein Glas Wein und etwas zu essen? Wir haben noch Gyros mit Zaziki übrig, ich back dir gerne ein Fladenbrot dazu auf.«

»Sehr gerne, Rike, ich sterbe vor Hunger. Und ein Glas Wein darf ich mir erlauben, selbst wenn ich dienstlich hier bin«, erwiderte Georg und zog sich sein Jackett aus, um es über das Sofa im Wohnzimmer zu legen. Dann ging er raus und begrüßte die anderen.

Während Rike in der Küche das Brot in den Ofen schob und das Gyros für Georg noch einmal warm machte, umarmten sich Faber und Mitschrei herzlich und klopften sich auf den Rücken. Auch schüttelte der Mann erfreut Philipps Hand, denn er erinnerte sich gut an den Forensiker.

»Darf ich dir John vorstellen?«, meinte Faber, doch Georg nickte nur und sagte:

»John Carpenter aus Fredericksburg, Ex-Police-Chief und seit Neustem ein Privatdetektiv. Auch Einbrecher, das habe ich vergessen zu erwähnen.« Georg schüttelte Johns Pranke, der überrascht die Augenbrauen hochzog. »Ich bin Erster Hauptkommissar beim Landeskriminalamt Niedersachsen und ein Freund von den drei Beamten hier. Aber vor allem bin ich heute Abend der Ermittlungsleiter der LKA-Sonderkommission Engel.«

Allen blieb erst einmal die Sprache weg. Selbst Rike zögerte einen Moment, bevor sie Teller, Besteck und ein Weinglas an den freien Platz stellte. »Setz dich erst einmal, es dauert zehn Minuten, bis das Essen warm ist. So lange kannst du schon mal anfangen zu erzählen«, fand sie als Erste die Sprache wieder.

Faber schenkte ihm von dem Lugana ein, während John fragte: »Landeskriminalamt, was ist das?«

»Die sind ungefähr wie die State Police, aber mit höherwertigen Aufgaben, vielleicht besser zu vergleichen mit einer Art FBI für den Bundesstaat«, erklärte Philipp recht kreativ.

»Und das LKA ist an der Angelus-Artifex-Sekte dran?«, fragte Faber, der natürlich gleich geschaltet hatte, als er die Bezeichnung der SOKO gehört hatte.

»Ja, und ein gewisser Faber und seine Leute pfuschen uns mal wieder im Handwerk rum. Das hatten wir ja schon mal«, meinte Georg etwas vorwurfsvoll, aber nicht allzu ernst gemeint, bevor er sich setzte.

»Und was ein Glück, sonst hätte das für einen gewissen Ersten Hauptkommissar mit Namen Mitschrei damals richtig übel ausgehen können. Wie geht es eigentlich deiner Tochter?«, fragte Faber. Denn der damalige Fall von Identitätsdiebstahl hatte dazu geführt, dass Mitschrei seine Stieftochter wiederfand.

»Ich wollte euch schon länger kontaktieren, denn ihr seht hier einen Opa in spe. Es dauert nicht mehr lange und dann habe ich auch so ein kleines Mädchen wie eure Fia. Nur ich bin der Opa und darf sie nach Strich und Faden verwöhnen, ohne zu viel Verantwortung zu übernehmen.«

»Gratuliere«, meinte Faber erfreut. »Aber jetzt erzähl mal: Wieso seid ihr an der Engelssekte dran, und woher weißt du von unseren Ermittlungen?«

Georg bedankte sich bei Rike, die ihm einen Teller mit Gyros, eine große Schale Zaziki und einen Korb mit knusprigem Fladenbrot aus der Küche brachte. Damit der Erste Hauptkommissar nicht alleine essen musste, brach Philipp sofort ein großes Stück Fladenbrot ab. Er klatschte sich zwei Löffel Zaziki darauf und biss schon wieder voller Appetit davon ab. Wenigstens hatten sie noch reichlich von dem Zaziki. Auch Georg langte zu und erzählte dabei, wenn immer der Mund mal leer war.

»Das LKA beobachtet diesen Green auf Wunsch des Bundeskriminalamts. Das BKA hat eine Meldung vom FBI bekommen, mit der Bitte um Kooperation. Das wurde an uns weitergeleitet, weil er gerade in Ostfriesland ein Grundstück gekauft hatte. Wir haben also bereits übernommen, als Green noch in Leipzig war.

Und dann melden mir meine Leute plötzlich gestern, dass zwei Typen in der Kolonie nahe Marienhafe aufgetaucht sind, die mir sehr bekannt vorkamen. Anscheinend blieb es aber nicht dabei, denn heute Morgen waren sie schon wieder zurück. Sie haben dort einen Einbrecher mitgenommen, der dem FBI bereits in Boston aufgefallen war, weil er sich dort ebenfalls für die Angelus-Artifex-Sekte interessierte.«

»Aha«, meinte Faber skeptisch. »Und wo hast du dein Observationsteam versteckt, sodass die uns gestern und heute gesehen haben? Da war bestimmt keiner deiner Leute in der Nähe. Denn dort kann man sich nicht verbergen, außer hinter der Kolonie, doch das ist zu weit weg. Es sei denn, du hast dort Mikros und Überwachungskameras, von denen Gabriel Green nichts weiß. Habt ihr so was eingebaut, als er die neue Kolonie in Marienhafe aufbaute?«

»Sei nicht immer derart spitzfindig. Verflucht, eigentlich dürfte ich dir gar nichts davon sagen«, schimpfte Georg mit Faber und blickte auf den amerikanischen Zivilisten.

»Undercover-Agent?«, fragte John mit einem Schmunzeln im Gesicht.

Georg sah den Cowboy schräg von der Seite an. »Na, der passt ja zu euch. Ja, verdammt, ich habe jemanden eingeschleust. Schon seit Leipzig ist die Person dabei und wir stehen kurz vor einem Durchbruch. Gabriel hat etwas Größeres vor. Er schickt immer mehr seiner Anwärter in die Staaten. Darum möchte ich euch bitten, haltet euch da fern!«

Faber nickte nachdenklich. »Hast du denn geprüft, ob die Leute auch wirklich in die USA geflogen sind?« Er blickte versonnen in seinen Garten. Am Kirschbaum fingen die winzigen LED-Lämpchen an zu leuchten, und es sah aus, als ob Glühwürmchen in dem Baum schwirrten.

Georg kaute seinen Mund leer und spülte mit einem Schluck Mineralwasser nach. »Meine Leute sind einigen gefolgt. Es ist fast immer die gleiche Sache. Ein Mietwagen wird aus Norddeich angefordert. Meistens sind es ein gewisser Robert und eine Myra, die Gabriel wohl näher stehen. Die beiden fahren dann eine Person zum Flughafen. Unsere Leute haben gesehen, wie eingecheckt wurde, dann sind die einen Kaffee trinken gegangen. Die beiden mit dem Mietwagen verabschiedeten sich anschließend. Die Person mit der Boardingkarte ging noch eine Zeitschrift kaufen und danach durch die Passkontrolle, wo wir sie nicht so einfach weiter verfolgen konnten, ohne aufzufallen. Die Begleiter verließen den Flughafen und fuhren zurück.«

»Und die mit dem Mietwagen tauchen dann wieder bei der Kolonie auf? Hat das euer Undercover-Beamter bestätigt?«, hinterfragte Philipp, der anscheinend wusste, worauf Faber abzielte.

»Ja, sie konnte zwar nicht sagen, wann genau, doch am anderen Morgen stand der Mietwagen draußen und dieser Robert und Myra waren bei der Morgenandacht anwesend«, bestätigte der LKA-Mann.

Rike kräuselte die Stirn. »Euer Undercover-Beamter ist eine Frau. Doch nicht etwa diese Lilu, oder?«, fragte sie.

»Lilu? Nein, aber bitte fragt mich nicht nach Namen. Auch wenn ich euch vertraue und ihr euch für Mister Carpenter starkmacht, darf ich meine Mitarbeiterin nicht in Gefahr bringen.« Georg zuckte mit den Schultern. »Bitte versteht das! Was ich euch sagen kann, ist, dass meine Beamtin eine Mitläuferin ist. Sie konnte sich bisher Gabriel vom Leib halten. Sie scheint nicht unbedingt sein Typ zu sein. Die anderen Anwärter wollten bisher in körperlicher Hinsicht ebenfalls nichts von ihr. Sonst hätten wir sie sofort abgezogen. Sie ist ein unauffälliger Typ, der ab und zu recht streng von diesem Robert behandelt wird. Sie erzählte uns, dass Robert sehr misstrauisch und verschlagen ist. Anscheinend war er nicht begeistert davon, dass der letzte Mann, der abreiste, ein gewisser Christian, als Erzengel Uriel wiederauferstehen sollte. Robert muss wohl eifersüchtig gewesen sein.« Georg nahm einen Schluck Wein, dann erzählte er von dem Tag, als Gabriel seine Flügel zeigte. »Kurz danach ist Christian Färenfell, sie gab mir seinen Namen, in die USA geflogen, um zur Zentrale zu reisen. Dort soll er wohl seine Flügel bekommen. Der Haufen ist ziemlich durchgeknallt. Aber meine Beamtin war dabei, als Gabriel seine Flügel zeigte, und sie meinte, das war ziemlich gruselig.«

»Du machst Witze«, meldete sich Philipp zu Wort. »Deine Undercover-Beamtin behauptet, dass Gabriel seine Flügel ausbreitete. Haben die sie auf Drogen gesetzt?«, fragte er unverblümt, wie es seine Art war.

»Bestimmt nicht, denn sonst hätte ich sie ebenfalls abgezogen«, erwiderte Georg empört. »Aber sie konnte das Phänomen nicht erklären. Es waren wohl nur ein paar Bruchteile einer Sekunde, vielleicht konnte sie deshalb nicht erkennen, welchen Trick er angewendet hat.«

»Sie konnte es deshalb nicht erkennen«, äffte ihn Philipp nach. »Mensch, wenn deine Undercover-Beamtin da für den Bruchteil einer Sekunde etwas sah, dann war sie eindeutig bekifft wie Keith Richards in seinen besten Zeiten. Wie prüfst du denn die Informationen, die sie dir gibt, auf ihren Wahrheitsgehalt?«

»Jetzt mach mal einen Punkt. Das weiß ich alles selber, doch sie hat meist nicht mehr als ein paar Minuten, um mit mir zu reden. Manchmal schafft sie es gar nicht ans Telefon. Daher diskutiere ich solche Phänomene nicht stundenlang«, erwiderte er. »Noch nie hatte eine Behörde jemanden im engsten Kreis der Engelssekte, das FBI hat das nicht geschafft. Daher bin ich einfach froh, dass sie bisher nicht enttarnt wurde.« Philipp fand das alles unprofessionell und schüttelte den Kopf. Er hielt Faber sein leeres Glas hin, der nickte nur auf die Flasche, damit Schorlau sich selbst bediente.

»Moment mal, gehen wir doch noch mal ein paar Schritte zurück, um das alles zu verstehen«, meinte Faber, nachdem er einen Schluck Wein genommen hatte. »Bei dem Verein geht es also um Erzengel, dass die Anwärter dazu werden und ihre Flügel bekommen oder so ähnlich, richtig?«, fragte er verwundert und Georg nickte zur Bestätigung. *Das alles ist viel verrückter, als ich es mir vorstellen konnte*, dachte Faber bei sich.

»Okay. Also sind die Jünger alle Engelanwärter?«, vergewisserte sich Rike noch einmal.

»Ja und nein. Einige der Frauen sind nur dort, um mit Gabriel, der wohl ein wandelnder Erzengel auf Erden ist, ein Kind zu zeugen. Engelskinder! Und fragt mich bitte nicht zu viel, denn da gibt es alle möglichen Lehren, die mir unsere Informantin lediglich kurz anreißen konnte. Die haben sogar eine eigene Engelssprache.«

»Aber nicht Henochisch, oder?«, fragte Philipp interessiert.

»Genau, woher weißt du das denn?«, fragte Georg erstaunt.

Faber lachte auf. »Wenn du so was fragst, dann kennst du unseren Doktor nicht!«

»Die henochische Sprache war gemäß John Dee, einem Alchemisten im 16. Jahrhundert, die Sprache der Engel und bis dahin unbekannt. Henoch selbst war ein biblischer Patriarch, der verschiedenen Berichten zufolge großes Wissen direkt aus göttlicher Quelle erhielt und in den Himmel entrückt wurde, ähnlich wie Elija. Da Henoch mit den Engeln kommunizierte und sprach, so wie auch Dee selbst dies vorgab zu tun, wurde das henochische System bekannt unter dem Namen des als Vorbild dienenden Propheten statt unter dem Namen des Menschen, der es aufzeichnete«, schüttelte Philipp diese Informationen mal wieder aus dem Ärmel. Er kräuselte die Stirn und fügte an: »Aber wahrscheinlich eher, weil Henochisch sich besser anhört als Deeisch.« Dabei nickte er, zufrieden mit seinen Schlussfolgerungen.

»Philipp, du bist mir unheimlich«, kommentierte Georg Mitschrei seine Ausführungen.

»This ain't his first Rodeo, he is real smart«, kommentierte John, was Georg anscheinend verstand.

»Jaja, und manchmal auch ein smartass!«, haute Faber raus, doch Philipp benahm sich wie die besagte deutsche Eiche, die es nicht juckt, wenn sich ein Borstenvieh an ihr reibt. Auf Hochdeutsch ausgedrückt, er überhörte die Spitze mit einem überheblichen Gesichtsausdruck.

»Jungs, jetzt bleibt doch mal bei der Sache«, holte Rike alle wieder in die Realität zurück. »Also egal, was diese Engelsleute genau glauben, lasst uns noch mal zu Christian zurückkehren, denn er ist immerhin der Grund, warum wir an dem Fall sind.«

»Danke, Rike, dass ich so eine kluge Frau habe«, sagte Faber, dann kam auch er auf den Fall zurück: »Du sagst, deine Beamten haben diesen Robert, Myra und Christian Färenfell bis zum Flughafen in Hannover verfolgt?«, fragte er.

»Nein, von meiner Undercover-Beamtin wussten wir, welcher Flug für diesen Christian gebucht wurde. Hannover nach Frankfurt weiter nach New York und dann einen Anschluss nach Boston. Jedenfalls haben wir auf die drei am Flughafen Hannover gewartet. Ich war auch mit dabei. Dort haben wir sie beobachtet, und als Christian durch die Passkontrolle ging, sind wir ins LKA zurück. Myra und Robert waren schon auf ihrem Weg zurück in die Kolonie.«

Faber schmunzelte wissend. »Und du und deine Leute haben das nicht weiter überprüft?«, fragte er.

»Wieso?«

»Ich habe mir die Überwachungsvideos der Fluglinie und der Flugsicherung heute Nachmittag schicken lassen. Es stimmt, Christian Färenfell stand auf der Passagierliste des Lufthansa-Flugs um 15:15 und war auch eingecheckt. Er ging durch die Passkontrolle, nachdem er, wie du uns erzählt hast, mit diesem Robert und Myra noch Kaffee trinken war. Doch anscheinend verließ er den Sicherheitsbereich nach zwanzig Minuten schon wieder, und die letzten Kameras erfassten ihn, als er das Terminal verließ. Danach verliert sich seine Spur. Jedenfalls ging der Flieger ohne Christian nach Frankfurt und dort wurde sein Ticket zum Weiterflug nach New York nicht benutzt. Christian hat Deutschland nie verlassen!«

Georg stoppte die Gabel mit Gyros, bevor sie seinen Mund erreichte. »Das ist nicht dein Ernst, oder? Verdammte Schlamperei!«, maulte er laut rum. »Nein, wir gingen davon aus, dass er geflogen ist. So wurde das auch in der Kolonie kommuniziert. Wir sahen keinen Grund, das noch einmal zu prüfen. Er war eingecheckt, hatte eine Reisegenehmigung und war durch die Passkontrolle.«

»Irgendetwas muss passiert sein, vielleicht bekam er einen Anruf, dass er wieder rauskommen soll«, meinte John. »Wir haben uns ebenfalls zu Hause erkundigt. Da ich einen Cousin bei der CBP, der U.S. Customs and Border Protection, habe, wissen wir, dass ein Christian Färenfell nie einreiste, obwohl er eine gültige ESTA-Reisegenehmigung hatte«, sagte der Ex-Polizist.

Georg schüttelte den Kopf. »Verdammt, das ist uns durchgerutscht. Wahrscheinlich, weil unsere Informantin sich derart sicher war, dass Christian zur Zentrale nach Boston geschickt wurde. Sie hat uns einen Tag später sogar mitgeteilt, dass Fotos von Christian in der Kolonie Cambridge den Anhängern in Marienhafe gezeigt wurden. Man ließ ihnen herzliche Grüße ausrichten«, meinte er zerknirscht. »Verdammt, jetzt bin ich denen auf den Leim gegangen. Was, glaubt ihr, ist mit diesem Christian passiert, denn er tauchte nicht mehr auf.«

Rike zuckte mit den Schultern. »Christian ist der Patensohn einer lieben Freundin von Knuts Partnerin. Wir hoffen das Beste, dennoch glaube ich, er könnte tot sein. Und mit künstlicher Intelligenz sind solche Fake-Fotos mit Christian in Cambridge eine Kleinigkeit.«

»Aber warum?«, stellte John die Frage, die wohl jedem durch den Kopf ging. »Green hat mit Christian einen treuen Anhänger gefunden, er hatte sich fast zu Tode gehungert und sein Geld der Kolonie gegeben. Außerdem machte er alles, was Gabriel wollte, oder? Warum sollte dieser Green überhaupt daran denken, ihn zu töten?«

Philipp war in den letzten Minuten erstaunlich still gewesen, doch jetzt nickte der Sektenexperte. »Ich denke, das hat mit Greens Ego zu tun. Georg, deine Beamtin hat von der Sache im Tempel mit den Flügeln berichtet. Dass Green seine Flügel zeigte, mal ganz abgesehen davon, wie immer er das gemacht hat …«, fing er gerade an, als Rike ihn unterbrach.

»Richard, Philipp, ihr habt von den Buntglasfenstern und den lebensgroßen Engelsmotiven darauf gesprochen. Wie es den Eindruck machte, dass die Engel im Tempel erscheinen, wenn die Sonne scheint. Kann das Ganze eine optische Täuschung gewesen sein?«, fragte sie.

»Wenn er zur richtigen Zeit am richtigen Platz stand, ging das schon. Wäre ein Riesenzufall gewesen. Doch wenn er das vorher ausprobiert hat und genau die richtige Zeit und den richtigen

Sonnenstand auswählte, dann ging das. In dem Fall wäre das kein so großes Wunder mehr«, kommentierte Faber das Gesagte.

Philipp wedelte mit den Händen, als wolle er Mücken verscheuchen. »Sch«, machte er und wollte Aufmerksamkeit. »Darum geht es gar nicht. Natürlich war das irgendeine optische Täuschung, wie auch immer er es angestellt hat. Hier ging es gerade um was anderes. Hat Christian etwas getan, dass Gabriel ihn tot sehen will? Georg, hat deine Undercover-Beamtin mehr darüber erzählt?«

»Philipp, du hast da durchaus einen Punkt. Es gab eine Vorgeschichte. Sie sagte, dass einer der Anhänger behauptete, mit Gott gesprochen zu haben. Gott wolle, dass Gabriel den Anhängern seine Flügel zeige. Daraufhin gab es wohl einen ziemlichen Tumult unter den Jüngern. Solche Forderungen kennt man nicht, wenn es um Gabriels Person geht.«

»Wer immer das sagte, hat Gabriel ziemlich dreist vor seinen Schäfchen rausgefordert«, bestätigte Philipp. »War es Christian?«

Georg nickte. »Sie sagte, Gabriel hätte seine Arme gehoben, damit wieder Ruhe einkehrt, und da erschienen die leuchtenden Flügel an seinem Körper. Nur für den Bruchteil einer Sekunde. Danach lagen alle vor ihm auf dem Bauch und huldigten ihm. Sie konnte es sich nicht erklären. Ich denke, ihr habt recht, es war Christian. Denn Gabriel sprach noch im Tempel davon, dass Christian, den er Uriel nannte, in die USA fliegen muss, um in der Zentrale seine letzten Segnungen zu bekommen.«

»Tja, dann war das definitiv eine Respektlosigkeit. Gabriel hatte einfach Glück, dass es aussah, als hätte er Flügel«, meinte Faber. »Denn wenn der Zufall Gabriel nicht hold gewesen wäre, hätte er dumm dagestanden. Aber dadurch wurde seine Position als geistiger Führer ungemein gestärkt. Und da solche Typen keine Götter neben sich ertragen, musste er verhindern, dass Christian ihn in Zukunft weiterhin herausfordert.«

Rike seufzte laut. »Wenn Christian Derartiges tut, dann ist er dieser Engelssache völlig verfallen. Wir können nur hoffen, dass er noch lebt. Vielleicht hält man ihn irgendwo gefangen, um ihn zu bestrafen.«

Faber schüttelte den Kopf. »Das ist wohl eher Wunschdenken. Wisst ihr, was mich an der Sache richtig erschreckt? Gabriel Green ist nicht einfach bloß ein Gauner, der junge Künstler ausnimmt. Er scheint diesen ganzen Quatsch selber zu glauben. Und in dem Fall kann uns mit ihm alles blühen. Von Mord bis hin zu einem Massenselbstmord, wenn er sich in die Enge gedrängt fühlt. Denkt an diesen Jones vom Peoples Temple, neunhundert Menschen brachten sich auf Geheiß von diesem Scharlatan um!«

»Jetzt mal nicht den Teufel an die Wand«, war es erstaunlicherweise Philipp, der zurückruderte. »Spekulieren hilft ja nicht. Aber mich würde jetzt doch interessieren, wie das genau mit den Flügeln war. Ich hab da eine Idee.« Philipp war aufgestanden und hatte sich in der Küche ein Blatt Papier und einen Bleistift geholt. Jetzt malte er etwas, und als er fertig war, hielt er ihnen eine recht gelungene Darstellung vom Erzengel Michael hin. Dieser stand mit ausgebreiteten Flügeln über dem Drachen, um ihn in die Hölle zu verstoßen. »Diese Zeichnung ist angelehnt an die Gravur aus der Nazarener Schule. Es zeigt den Erzengel Michael, wie er den Drachen, der den Teufel darstellt, besiegt. Er verbannte das Tier in die Hölle. Und, zeichne ich so schlecht, oder kommt dir das bekannt vor, Faber?«, machte er es spannend.

»Das ist genau das Motiv auf einer der beiden Türen in diesem Tempel. Ich verstehe, worauf du hinauswillst. Das Buntglas zeigt einen lebensgroßen Michael. Wenn die Sonne an dem Tag schon recht tief stand, dann kann der Zufall genau in dem Moment die Spiegelung der Fenster auf Gabriel projiziert haben«, wurde es Faber jetzt ganz klar. »So bekam er seine Flügel und die Sonne ließ sie strahlen.«

»Genau, doch wenn Christian behauptet hat, dass Gott mit ihm sprach, und er Gabriel Gottes Willen mitteilte, dann war das eine Herausforderung, die Green nicht so einfach dulden konnte. Er musste Christian loswerden, weil der sich über ihn erhoben beziehungsweise sich mit dem Verkünder auf eine Stufe gestellt hatte«, fasste es Philipp erneut zusammen.

John sah nachdenklich aus. »Und Chester? Ist er in der Kolonie? Der Junge ist ein Lamm, er wäre nicht aufmüpfig oder würde sich in den Mittelpunkt stellen. Müssen wir ihn da nicht rausholen genau wie Ihre Undercover-Agentin?«

»Ich erwarte bald wieder einen Anruf von ihr, ich frage sie nach Ihrem Jungen. Falls es irgendeine Gefahr für Chester geben sollte, holen wir ihn raus und in dem Fall meine Agentin auch«, versprach der LKA-Hauptkommissar. »Aber bitte haltet die Füße still oder ihr gefährdet sie in den nächsten vierundzwanzig Stunden. Keine weiteren Besuche mehr bei der Engelssekte, weder von Ihnen, John, noch von eurem Team.«

Kapitel 5

Faber hatte gleich am nächsten Morgen Sonja und Tamme angerufen und über die Situation informiert. Sie waren um sechs Uhr schon Richtung Leipzig abgefahren und Faber erwischte sie, als sie gerade Braunschweig hinter sich gelassen hatten.

»Ihr versteht, warum es so wichtig ist, vorsichtig vorzugehen. Wir dürfen auf keinen Fall die Beamtin gefährden, die bei der Sekte eingeschleust wurde«, trichterte er ihnen ein.

»Schon klaar, Chef«, erwiderte Tamme, bevor sie auflegten.

»Die Beamtin bei der Sekte ist ganz schön mutig. Was passiert wohl, wenn dieser Guru Gabriel Green körperlich Gefallen findet an unserer Kollegin? Dann muss sie sich eine gute Ausrede einfallen lassen, denn es ist bestimmt ungewöhnlich, dass eine Frau der Sekte ausgerechnet diesen Kerl ablehnt«, meinte Sonja nachdenklich. »Ich hätte mich nicht auf ein solches Himmelfahrtskommando undercover eingelassen.«

»Da bekommt der Begriff Himmelfahrtskommando doch gleich eine neue Bedeutung«, scherzte Tamme rum, anstatt auf sie einzugehen.

»Ich kann mir schon denken, dass du nichts gegen einen Undercover-Einsatz bei der hübschen Lilu hättest«, gab sie ihm eine Breitseite.

»Nix, ik bün mien Froo troo, da gifft dat kein Frömdgan«, stellte er empört fest, dass er seiner Ehefrau treu war.

Als sie sich zwei Stunden später einen Parkplatz in der Wächterstraße suchten, sahen sie einige Studenten bereits auf den Treppen der Hochschule in der Sonne sitzen. Andere eilten mit Rucksäcken in die Kunsthochschule. »Perfekt, in zwanzig Minuten erwartet uns Frau Göbel, die Leiterin der Presse- und Öffentlichkeitsarbeit der Kunsthochschule. Vielleicht bekommen wir hier irgendwo noch einen Kaffee, bevor wir zu ihr gehen«, meinte Sonja und legte vorsichtshalber das Polizei-im-Einsatz-Schild auf die Ablagefläche des Armaturenbretts.

Vor der Hochschule waren eigentlich keine ausgeschilderten Parkplätze. Und da das amerikanische Generalkonsulat schräg gegenüber lag, mussten sie mit Polizeikontrollen rechnen. Sonja legte ihre Visitenkarte daneben, damit die Kollegen sie zur Not anrufen konnten. Als sie endlich in das Büro von Frau Göbel traten, hatten sie noch immer keinen Kaffeeautomaten gefunden. Mit Erleichterung rochen sie den frisch gebrühten Kaffee und sahen die Tassen, die Frau Göbel schon für die Polizisten bereitgestellt hatte.

Nach der Begrüßung servierte sie sofort Kaffee und kam dann ohne Umschweife zum Kernpunkt. Sie reichte Sonja ein Schriftstück, es war die Kopie eines Auflösungsvertrags der Universität mit Professor Gabriel Green über seine Gastprofessur. Mit gelbem Marker hatte sie die Stellen angestrichen, die wichtig waren.

»Das heißt also, Sie haben, damit er auch wirklich geht, eine Geheimhaltungsklausel unterschrieben?«

Frau Göbel meinte knapp: »Genau das, darum konnte ich Ihnen am Telefon auch nichts dazu sagen.«

Tamme blickte sie etwas skeptisch an, nachdem ihm Sonja das Schriftstück gegeben hatte. »Nicht nur am Telefon, Frau Göbel, was da unterschrieben wurde, gilt ebenfalls für dieses Gespräch«, meinte er frustriert. Denn als er das gelesen hatte, ging er davon aus, dass sie ganz umsonst nach Leipzig gefahren waren.

»Das stimmt, Herr Kommissar. Doch es verbietet mir nicht, Sie hier in dem Raum alleine zu lassen. Und wenn dann eine Vertreterin des AStA, unseres Studierendenausschusses, hier hereinkommt und mit Ihnen spricht, haben wir als Universität nicht gegen unsere Verschwiegenheitspflicht verstoßen. Außerdem kann Ihnen Leni mehr über besagten Gastprofessor berichten als irgendjemand vom Lehrkörper«, sagte die Pressesprecherin. Damit nickte sie ihnen freundlich zu und verließ den Raum.

»Aha«, war alles, was Sonja dazu sagte. Doch in dem Moment kam schon eine junge Frau herein, die eindeutig eine Studentin war. Man konnte sie sogar als Kunststudentin identifizieren. Zwar hatte sie keinen Malerkittel mehr an, die Farbflecke auf ihrer alten Jeans und an ihren Händen wiesen jedoch darauf hin, dass sie vor Kurzem noch gearbeitet hatte.

»Hallo, ich bin Leni Zemen, ich weiß bereits, wer Sie sind und warum Sie hier sind. Frau Göbel hat mir alles gesagt und ich kann über diesen Mistkerl Green sagen, was ich will, ohne dass er mich verklagen kann«, kam sie sofort zum Punkt. Sie zog sich einen Stuhl ran und setzte sich zu den beiden Kommissaren. »Sie müssen wissen, ich bin beim AStA so eine Art Ombudsfrau. Daher vertrete ich nicht nur die Studierenden gegenüber der Universität und den Lehrenden, ich kümmere mich ebenfalls darum, wenn Studierende untereinander Probleme haben.«

»Okay, dann legen Sie einfach mal los. Was wissen Sie über Professor Green?«, fragte Sonja ganz direkt. »Denken Sie, Herr Green hat etwas Übles vor mit seinen Anhängern?«

»Das hat er definitiv. Obwohl er als Künstler, vor allem bei seinen Ölgemälden, aber auch als Bildhauer wirklich was auf dem Kasten hat. Er ist kein schlechter Hochschullehrer, wenn er denn bei der Kunst bleibt. Seine Vorlesungen waren prima, locker und man hatte das Gefühl, er wolle allen von uns etwas beibringen. Als es in die Gruppenarbeiten ging, fiel es mir gleich beim ersten Mal auf, denn ich hatte einen Bildhauerei-Kurs bei ihm belegt: Er war sehr kumpelhaft und kam für meinen Geschmack vor allem den Studentinnen zu nahe. Sie müssen verstehen, ich achte auf so etwas, denn sexuelle Belästigung ist momentan auch ein großes Thema an den Unis. Er war ein Anfasser, wenn Sie wissen, was ich meine. Doch den meisten der hübschen Studentinnen machte das nichts aus. Im Gegenteil, Green war charmant und hatte eine ganz bestimmte Aura, der man schnell erliegen konnte.«

»Und auf Sie hat er nicht gewirkt?«, fragte Tamme so neutral wie möglich, denn Leni war durchaus hübsch. Sie war ein Typ wie Lilu: zierlich, sexy, dabei aber irgendwie mit beiden Beinen auf dem Boden. Und sie hatte einen weißblonden Stoppelkopf, der ihre tollen Wangenknochen unterstrich.

»Nicht, dass er es nicht versucht hätte«, antwortete sie und lächelte. »Nein, ich bevorzuge Frauen. Und das hat er schnell spitzbekommen, denn er schaut genau hin, wie man sich verhält. Er hat ein Gefühl dafür, ob man sich wohlfühlt oder nicht. Auf jeden Fall hat er danach seine Femme fatale auf mich angesetzt.

Myra Dagliesh. Die ist mit allen Wassern gewaschen und sieht aus wie die junge Ava Gardner. Da habe selbst ich mal kurz gezuckt, doch die quatschte mir zu früh von der Kolonie. Außerdem erfuhr ich, dass man sich nach mir erkundigt hatte. Gabriel Green wusste sehr schnell, dass meine Familie Geld hat und ich eigentlich Leonore von Zemen bin. Wissen Sie, oller Adel in Leipzig«, erklärte sie salopp.

»Oller Adel mit Geld?«, vergewisserte sich Tamme.

Leni nickte. »Der Mann hat eine gute Nase, wenn es um Vermögen geht. Daher hielt ich ihn und seine Entourage von gut aussehenden amerikanischen Studierenden auf Abstand. Leider schafften das meine Freundin und zwei meiner besten Freunde nicht. Phoebe Lambert und ich hatten eine Beziehung, bis Lilu daherkam. Und Christian Färenfell verfiel Myra. Und dann war da noch Matze, Matthias Bühlow-Sonderberg. Er wurde ein regelmäßiger Gast in der alten Villa in Schleußig, die sie Kolonie nannten. Matze wurde nicht von irgendeiner Tussi an Land gezogen, ihn interessierte die Kolonie, ihr Familiensinn und natürlich Gabriel. Was kein Wunder war, denn Matze suchte immer eine Ersatzfamilie, er war ein großes Kind, ein liebenswerter Träumer.«

»Lebte Gabriel dort zusammen mit den amerikanischen Studenten?«, unterbrach Sonja sie kurz.

Leni bestätigte das. »Und wenn man Matze glaubte, war es ein Hort der Liebe, der Meditation, des Lichts und der Kunst«, ahmte sie ihn sarkastisch nach. »Dabei haben die dort irgendwelche Drogen reingeschmissen, bis sie Erscheinungen gesehen haben. Christian und Phoebe wurden von Green und seinen Weibern sexuell bei Laune gehalten und indoktriniert, bis sie völlig neue Menschen waren. Für Matze war es leider tragischer.« Jetzt schüttelte sie den Kopf zornig, aber auch traurig.

»Drogen? Sind Sie sich sicher?«, vergewisserte sich Sonja, denn das war ein handfester Ansatzpunkt, damit konnte man fast immer bei einem Richter einen Durchsuchungsbeschluss erwirken.

»Ja, genau das meine ich. Dass Matze sich so wohlfühlte bei diesen Möchtegernengeln, hatte einen Grund«, meinte Leni.

»Sorry, bei denen werde ich lieber zynisch, sonst müsste man eigentlich anfangen zu weinen.«

»Schon gut, bitte, erzählen Sie weiter. Warum war es für Matze so tragisch?«, fragte Tamme.

Leni wurde noch ernster und blickte die beiden Polizisten an. »Was außer mir wohl kaum jemand an der Uni wusste, ist, dass Matze ein Ex-Junkie war. Nicht mal Christian oder Phoebe ahnten etwas. Er hatte eine echt schwere Zeit hinter sich. Vor etlichen Jahren war er ein Heroinabhängiger, der immer mal wieder einen erfolglosen Entzug machte. Erst als seine Eltern drohten, ihn völlig fallenzulassen, wurde er clean. Er holte das Abi nach und studierte an der Kunsthochschule. Glauben Sie mir, Matze hätte das Zeug nie mehr freiwillig angefasst. Dass Green an ihm interessiert war, liegt auf der Hand. Er war ein so weicher Mensch und sehr unsicher«, meinte sie.

»Ich nehme mal an, dass die Bühlow-Sonderbergs ebenfalls vermögend sind«, meinte Sonja.

»Und wie«, bestätigte Leni, bevor sie fortfuhr. »Deshalb kannten Matze und ich uns schon länger. Wir lebten in den gleichen Kreisen. Aber Matze hatte echtes Interesse an dieser Engelsgemeinschaft. Er wollte sich diese Leute gerne ansehen und stritt anfangs mit Phoebe und Christian, weil er kritisch war und nicht schnell Vertrauen fasste. Eines Tages kam er jedoch von Schleußig zurück und war völlig anders. Er schwärmte von denen und faselte von irgendwelchen Visionen und dass ihr Glaube echt sei. Er hätte es selbst gesehen. Wir beide philosophierten plötzlich über Religion, wobei es für ihn bereits ein Dogma war. Es dauerte eine Weile, bis ich es verstand«, meinte sie wütend. »Jemand von dieser Engelssekte hat ihm bei seinen Besuchen Drogen untergeschoben, ohne dass er es wusste. Matze hätte noch nicht einmal einen Zug an einem Joint genommen. Er ging auch immer noch zu den AD, den anonymen Drogenabhängigen«, berichtete die junge Studentin und hatte Tränen in den Augen.

»Würde Matze das zu Protokoll geben, ich meine eine Aussage machen?«, fragte Sonja.

Leni schüttelte den Kopf und eine Träne lief ihr über die Wangen. »Matze ist tot. Zwei Wochen nach unserem Gespräch starb er an einer Überdosis.«

Tamme blickte die junge Frau skeptisch an. »Eine Überdosis? Also wurde er doch wieder abhängig.«

»So sagte es die Polizei und so sagten es seine Eltern. Aber mich würde es nicht wundern, wenn da jemand von den Engelsleuten nachgeholfen hat. Wissen Sie, wenn die mit Drogen arbeiten, um ihre Leute gefügig zu machen, dann waren die bestimmt bass erstaunt, als sie feststellten, dass sie einen Ex-Junkie in ihren Reihen hatten. Also, ich an der Stelle von Green hätte versucht, das Problem loszuwerden.« Leni zuckte mit den Schultern.

»Aber das sind doch alles nur Vermutungen von Ihnen. Gibt es denn Beweise? Seien Sie mir nicht böse, Leni, aber wir können nichts tun ohne einen Beweis«, redete Sonja sehr eindringlich auf sie ein. Sie verstand die junge Frau sehr gut, doch mit ihren bisherigen Aussagen würde man jemanden wie Green nicht vor einen Richter bringen können.

»Was soll ich denn darauf sagen? Matze erzählte mir im Vertrauen, dass er nach so vielen Jahren der Abstinenz plötzlich ein enormes Craving bekam. Sie wissen schon, ein großes Verlangen nach Heroin. Das letzte Mal, dass ich ihn sah, war er stinkwütend. Er war davon überzeugt, dass Green seine Anhängerschaft mit wohlportionierten Dosen von irgendeinem synthetischen Scheiß ins Nirwana schickt. Er wollte ihn zur Rede stellen und sprach sogar davon, die Polizei einzuschalten.« Sie machte eine kurze Pause, weil die Erinnerung anscheinend sehr wehtat.

»Lassen Sie sich Zeit«, meinte Tamme.

»Zwei Tage nach dem Gespräch erfuhr ich, dass er tot ist. Er lag in seinem Zimmer und war an einer Überdosis gestorben«, fuhr Leni fort, trank einen Schluck Kaffee und sagte anschließend: »Seine Eltern haben zusammen mit der Polizei nie daran gezweifelt, dass es ein goldener Schuss war. Ich schon, jede Minute tat ich das. Denn Matze hatte mir geschworen, dass er wieder von dem synthetischen Zeug runterkommt, weil es nur geringe Mengen dieser Droge waren und er niemals freiwillig solch einen Kram nehmen würde. Das Einzige, was ihm für den Rest seines Lebens gefährlich werden konnte, wäre Heroin. Alles andere würde er nie nehmen.« Leni sah die beiden Polizisten an. »Aber keiner wollte damals meine Story hören. Die Eltern hielten seine Verbindung zu den Angelus-Artifex-Leuten für harmlos, denn Green hatte bis dato kein Geld von Matze verlangt. Matze kam ja auch noch regelmäßig zu den Vorlesungen. Außerdem war Professor Green in der Zeit der berühmte Gastprofessor aus Cambridge und damit von einer der besten Kunstunis der Welt. Seine Eltern dachten einfach, Matze wäre wieder in Junkie-Kreise gekommen.«

Tamme seufzte. »Wurde denn eine Autopsie mit toxikologischer Untersuchung vorgenommen?«

»Ich denke nicht, man hat wohl nur den Rest in der Spritze geprüft. Und das war kein Heroin. Es war so ein Mist wie Crystal Meth oder Angel Dust. Sehen Sie, Matzes Eltern und die Polizei taten meine Geschichte ab. Als man ihn mit der Spritze im Arm fand, war für sie alles klar. Ich glaube, sie haben sich geschämt für ihn, oder es war so schlimm für sie, dass sie ihn einfach nur begraben wollten!«, meinte sie und schnaubte verächtlich. »Dabei hatte mir Matze einmal geschworen, dass Heroin immer eine Versuchung für ihn blieb, aber das synthetische Zeug würde er noch nicht einmal nehmen, wenn er auf dem Zahnfleisch geht.«

Tamme atmete laut aus und zog die Augenbrauen hoch. »Das ist eine verdammt dünne Geschichte.«

»Oh Mann, Sie sind genau wie die Leipziger Bullen damals. Die wollten nichts davon hören«, meinte sie frustriert und stand auf. »Ich kann dann ja mal gehen!«

»Gibt es außer Ihnen jemanden, der die Geschichte vielleicht ebenfalls von Matze erfahren hat, bevor er starb?«, fragte Sonja, ohne sich von Lenis trotziger Art ablenken zu lassen.

Leni setzte sich wieder, sie sah müde aus. »Keine Ahnung.« Dann kräuselte sie plötzlich ihre Stirn. »Vielleicht seine Drogengruppe, er hatte sogar einen Paten. Sprechen Sie mal mit den Leuten seiner Drogengruppe. Soweit ich weiß, haben die einen Raum im Bürgertreff Neustadt-Neuschönefeld.«

»Sehen Sie, das ist ein Anhaltspunkt. Wir reden mit den Kollegen der Polizei und auch mit den Leuten der AD«, versprach Tamme, und Lenis düsteres Gesicht erhellte sich etwas.

»Sagen Sie, Leni, eine letzte Frage: Haben Sie seither noch einmal was von Christian oder Ihrer Ex-Freundin Phoebe gehört?«, fragte Sonja die junge Frau.

Leni bekam sofort wieder diesen besorgten Gesichtsausdruck. »Um Gottes willen, den beiden ist nicht auch was zugestoßen, oder?«, meinte sie sofort, beantwortete aber dann die Frage. »Aber nein, nicht, seit Christian und Phoebe weg sind. Die neue Kolonie ist irgendwo im hohen Norden. Seit sie umgezogen sind, kam keiner von ihnen mehr zur Uni. Christian stand kurz vor seinem Examen. Er hat alles hingeschmissen. Als er mir durch Zufall das letzte Mal hier über den Weg lief, sah er echt schlecht aus. Er wirkte müde und krank, richtig dünn war er, aber wir hatten keine Chance zu reden. Er war von seinen Engelsbrüdern umgeben, da wird es nicht gerne gesehen, wenn man mit Außenstehenden redet. Wissen Sie, eigentlich wollten wir nach dem Diplom zu dritt ein Atelier gründen. Phoebe hatte durch ihre Eltern sogar Kontakt zu einem Galeristen, der junge Kunstschaffende fördert. Das war unser Traum, den gibt man doch nicht so einfach auf. Keine Ahnung, ob ich das alleine schaffe und wie ich zurechtkomme.«

***

Maretts Herz schlug wie wild, sie war nach der Meditation im Tempel nicht mit den anderen ins Stammhaus gegangen, sondern hatte sich nach hinten in Gabriels Raum geschlichen. Zwar nannten sie es ihre Sakristei, doch im Endeffekt waren es seine Privaträume. Und genau aus diesem Grund interessierte es Marett so sehr, denn es war Gabriels Büro und keiner außer ihm hatte hier etwas zu suchen. Sie hatte schon lange auf die Gelegenheit gewartet, sich endlich diese Räume anzusehen. Manchmal nahm Gabriel eine seiner Gefährtinnen mit hierher. Jetzt, da sie sich in dem Raum befand, wurde ihr auch klar, warum. Denn in einer Ecke stand ein großes Doppelbett mit Vorhängen an der Seite.

Hier treibst du es also mit ihnen, dachte sie und beeilte sich, die Papiere auf dem Schreibtisch zu sichten. Das meiste waren Rechnungen von Handwerkern und den Viehhändlern, von denen Gabriel für die Kolonie kaufte. Anscheinend hatte er noch mehr Schafe bestellt. Jetzt wusste sie auch, wofür der zusätzliche Stall bestimmt war, an dem sie alle in den letzten drei Wochen gearbeitet hatten. Sie versuchte es mit den Schubladen, die zu ihrem Erstaunen nicht abgeschlossen waren. *Warum auch?*, dachte sie dann. Gabriel war hier der Herr über sein eigenes kleines Reich. Dass sich ein fauler Apfel in seinem Paradies befand, damit rechnete hoffentlich keiner. Sie blätterte durch die Unterlagen. Grundbuchauszüge, Wertpapierkäufe und solcher Kram befand sich darin. Erst als sie unten angekommen war, spürte sie etwas Hartes und zog es hervor. Es war ein amerikanischer Pass, wahrscheinlich Gabriels, dachte sie. Als sie ihn aufschlug, konnte sie es nicht glauben. Er war ausgestellt auf Chester Jefferson. Das war der junge Kerl, der erst heute verabschiedet und von Robert zum Flughafen gebracht worden war. Jefferson sollte genau wie Christian in die Staaten, um die Zentrale in Cambridge zu unterstützen. Doch wie sollte das gehen, ohne seinen Pass? Intuitiv steckte sie das Dokument in die Rocktasche und schloss die Schublade. Gerade wollte sie eine weitere Schublade öffnen, als sie erst das Keuchen der Rottweiler hörte und dann Stimmen. Es war Gabriel mit diesem verfluchten Robert. Wenn man sie hier erwischte, war alles vorbei. Robert hatte sie eh schon auf dem Kieker. In dem Moment kamen die beiden Hunde bei ihr an. Sie ging sofort in die Hocke.

Anstatt zu knurren oder zu bellen, freuten sich die beiden überaus, Marett zu sehen. Denn sie hatte von Anfang an immer ein Leckerli für die Hunde in der Tasche gehabt. Und da sie die beiden immer nur verwöhnt und gestreichelt hatte, gab es keinen Argwohn vonseiten der Hunde. Schnell fütterte sie die beiden Tiere mit einem Stück Trockenfleisch. Einer der Hunde bedankte sich mit einem feuchten Schlecker über ihr Gesicht. Dann schlich sie sich zur Hintertür und schloss auf. Der Schlüssel steckte immer im Schloss, weil Gabriel in Räumen mit nur einem Fluchtweg regelrecht paranoid wurde. Hier ließ er morgens immer als Erstes seine Hunde raus. Leider folgten ihr Cadejo und Diwo zur Tür. Sie konnte sie auch nicht zurückschicken und schloss die Tür in dem Moment, in dem Gabriel eintrat.

»Ihr wart doch gerade draußen. Come! Down!«, gab er die Kommandos, denen die Rottweiler augenblicklich folgten. Er setzte sich an den Schreibtisch, während Robert argwöhnisch ans Fenster ging und nach draußen schaute. Außer der eingezäunten Wiese und den dahinterliegenden Feldern sah er nichts. Dass Marett sich direkt unter dem gekippten Fenster an die Holzwand drückte, konnte er nicht ahnen.

»Gut, lass uns die weiteren Schritte besprechen. Übermorgen werden von Cambridge aus alle Gelder der US-Inlandskonten auf mehrere Offshore-Konten transferiert. So kann keine US-Behörde auf das Vermögen zugreifen. Michael«, so nannte Gabriel Robert mittlerweile immer, »ich denke, dass du sofort in die Staaten fliegen musst. Biancas Verschleiß an Anhängern geht zu weit. Sie hat schon wieder einen Toten. Beim leisesten Zweifel eines unserer Jünger vermutet sie Samael und benutzt den Dolch. Du musst ihre Blutlust zur Räson bringen.«

»Werden sie die sterbliche Hülle des Mannes am üblichen Platz beerdigen?«, fragte Robert aka Michael.

»Ja, ich habe sie angewiesen, das sofort zu tun. Sie will noch warten, hat Sorge, Samael fährt wieder in den Körper, dabei sind die Dolche sicher. Bianca wird selbst langsam zum Problem«, stöhnte Gabriel. »Ich denke manchmal, sie ist selbst von einem Dämon besessen. Bianca muss verschwinden. Du wirst erst einmal Cambridge übernehmen. Und kümmere dich dort um die Papiere der Verstorbenen, sieh zu, dass alles verbrannt wird.«

»Ich kümmere mich darum, wann soll ich fliegen?«, fragte Robert. Bianca zu beseitigen war für ihn eine Aufgabe des Vergnügens. Sie hatte sich damals genau wie Myra zu Gabriels Lieblingsgefährtin gemausert. Beide waren sie gemeinsam zu der Engelsgemeinschaft gekommen, doch innerhalb kürzester Zeit hatte Bianca sie alle rumkommandiert. Er würde ihr keinen leichten Tod schenken, dachte Robert und spürte den Zorn Gottes, der sich in Michael offenbarte.

»Gleich morgen, die erste Maschine, die du kriegen kannst. Buch dir jetzt gleich ein Ticket von unserem Account«, sagte Gabriel und öffnete einen Hängeordner in der unteren Schublade. Er war mit Robert Watermans Namen beschriftet. Gabriel holte den amerikanischen Pass mit dem deutschen Studentenvisum und reichte das Dokument seinem Jünger. Dann zog er eine weitere Schublade auf und reichte ihm ein Bündel US-Dollar- und ein weiteres Bündel Euro-Scheine. »Ruf bei Avis in Norddeich an, die bringen dir einen Mietwagen. Auf diese Weise kannst du morgen gleich in aller Frühe los.« Dann griff er zu einer Ledertasche, die ein wenig wie ein alter Schulranzen aussah. Er räumte eine weitere Schublade leer und sammelte auch einige Papiere vom Schreibtisch zusammen. Alles landete in der Ledertasche. »Nimm die Papiere mit. Mit diesem Ex-Cop hier in Marienhafe und der lokalen Polizei will ich keine Beweise über die finanziellen Transaktionen in der Kolonie behalten. Alle Papiere deponierst du in einem Bankschließfach in Cambridge.«

»Danke, Verkünder. Das mach ich!«, sagte Robert tief bewegt von dem Vertrauen Gabriels. »Kann ich noch etwas für dich tun, Bruder?«

Gabriel lächelte über seine Fürsorge. »Ja, sag Myra, ich möchte heute Abend hier mit ihr essen und die Nacht verbringen.«

Marett schlich, als sie genug gehört hatte, nahe am Gebäude vom Fenster weg. An der Ecke des Tempels kontrollierte sie erst einmal, ob die Luft rein war. Sie konnte kaum glauben, was sie aufgeschnappt hatte. Es gab einen Toten in den USA, es sollte Geld transferiert werden und Gabriel hatte Robert den Auftrag gegeben, eine gewisse Bianca zu töten und alle Beweise außer Land zu schaffen. Von der Ecke rannte sie auf die Pferdewiese.

Die anderen wussten, wie sehr sie die Tiere und besonders die Pferde liebte. Daher trieb sie sich gerne in den Ställen und auf der Weide rum. Wenn sie jetzt jemand sah, würde derjenige nichts Eigenartiges vermuten. Sie schnappte sich einen der Alt-Oldenburger an der Mähne und streichelte ihm die Nüstern, was das Tier sehr genoss. Dann ging sie gemächlich mit ihm innerhalb der Koppel zurück zum Innenhof. Sie sah Robert aus dem Tempel kommen. Natürlich erblickte er sie sofort, wie sie mit dem Pferd ankam. Doch dieses Mal bedachte er sie nicht mit einer dummen Aufgabe, er hatte es eilig und verschwand im Stammhaus. Normalerweise hatte er sie im Auge und erlaubte ihr keine Minute Faulenzerei oder Freizeit mit den Tieren.

Sie musste telefonieren, doch erst stand das Abendessen an, danach die gemeinsame Meditation und die gemeinsamen Lehren. Auf keinen Fall durfte Marett dabei fehlen, das hätte sie erst recht verdächtig gemacht. Irgendjemand hätte es Robert gesteckt, wäre sie ferngeblieben, und vielleicht hätte er sie eingesperrt, um sie zu disziplinieren. Wäre nicht das erste Mal für Marett gewesen. Nein, sie musste warten. Heute Nacht, wenn alles schlief, konnte sie sich hinten aufs Feld schleichen. Etwa einen Kilometer von der Kolonie entfernt gab es eine kleine Schonung. Dort lag ihr Handy und zur Not auch eine Schusswaffe. Es würde reichen, wenn sie Georg Mitschrei heute Nacht ins Bild setzen könnte.

***

»Was hältst du von Leni?«, fragte Sonja, nachdem sie sich ebenfalls von Frau Göbel verabschiedet hatten und wieder in ihrem Wagen saßen. Sonja hatte gleich bei Laurien angerufen, um von ihr die Akte Matthias Bühlow-Sonderberg zu bekommen. Jemand hatte den Drogentod aufgenommen und auch die toxikologische Bestimmung gemacht. Bevor sie mit dem Mitarbeiter des Sucht-Selbsthilfe-Zentrums sprechen wollten, war es sinnvoll, sich erst einmal den Polizeibericht über die Überdosis durchzulesen.

»Eine ganze Menge. Sie ist Green nicht auf den Leim gegangen, und was Matze angeht, hat sie eine verdammt gute Theorie. Denn stell dir mal vor, du setzt heimlich deine Anhänger unter Drogen, um sie gefügiger zu machen. Plötzlich merkst du, dass ausgerechnet ein Ex-Junkie dir auf die Schliche kommt, weil der genau weiß, wie sich eine Dröhnung anfühlt«, erwiderte Tamme überzeugt und gab eine Adresse ins Navi ein, die er vorher gegoogelt hatte. Dann startete er den Wagen. »Was gibt es in dem Fall Leichteres, als ihn mit Drogen zu töten?«

»Dann gehst du davon aus, dass diese Engelsleute morden. Ich dachte, so weit wären wir noch nicht bei denen«, warf Sonja ein.

»Dann sag mir mal, wo Christian ist. Und wo ist Johns Neffe und vor allem die Vermissten in den USA, von denen John berichtet hat. Die sind nie wieder aufgetaucht, leben aber auch nicht mehr in der Kolonie. Und was ist mit dem, was Faber uns erzählt hat? Die Sache mit dem Ticket in die USA, das Christian nie genutzt hat. Gotts verdori, wo ist er dann?«

Sonja zuckte mit den Schultern. »Für mich sieht Christians Verhalten am Flughafen wie eine Flucht aus. Sobald seine beiden Begleiter von der Sekte weg sind, kommt er aus dem Sicherheitsbereich und verlässt den Flughafen. Glaubst du nicht, dass er einfach abgehauen ist? Und wenn er dabei Erfolg hatte, wird er sich irgendwann bei seinen Eltern oder seiner Patentante melden.«

»Dein Wort in Gottes Ohr. Es kann jedoch ein raffiniertes Täuschungsmanöver sein, das ich diesem Green durchaus zutrauen würde. Sie setzen ihn dort ab, drehen eine Runde um den Flughafen und rufen ihn anschließend an, damit er wieder rauskommt«, grübelte Tamme laut, unterbrach sich jedoch selber. »Was würde unser Chef jetzt sagen?«

»Hört auf zu spekulieren, arbeitet lieber«, beantwortete Sonja die Frage.

»Und darum reden wir jetzt erst einmal mit den Leuten von den AD. Vielleicht hat sich Matze denen anvertraut. Ruf bitte mal an, vielleicht können die für uns auch seinen Paten oder den Gruppenleiter einbestellen oder uns mitteilen, wo wir die finden.« Sonja hängte sich gleich ans Telefon.

Das Bürgerbüro, wie sich die Räumlichkeiten in der Hildegardstraße nannten, war ein fünfstöckiger Bau, der wahrscheinlich bereits vor dem Ersten Weltkrieg in Leipzig gestanden hatte. Im Klassizismus erbaut, war er gradlinig und eher schlicht mit klaren Formen. Doch das Gebäude mit seiner Front von acht Fenstern war runtergekommen. Schon zu Zeiten der DDR hatte die Fassade keine Erneuerung gesehen. Das Haus war dreckig, voller Risse und vor allem mit Graffiti verschmiert. Man durfte sich die Hauswand nicht als eine Banksy-Front vorstellen. Es war nichts Schönes an der Schmiererei. Nicht wie die Kunst des wohl berühmtesten Streetart-Künstlers Banksy, die mittlerweile nicht bloß etabliert war, sondern sich sogar richtig teuer verkaufte. Hier jedoch sah man vor allem Namen und Abkürzungen, und das in allen möglichen Farben. Da prangten ein gespraytes ›Leo‹ und ein ›Fuck‹ gleich neben dem recht gut gelungenen Abbild eines Hundehaufens.

»Anonyme Drogenabhängige, die Anonymen Alkoholiker und andere Selbsthilfegruppen heißt man hier herzlich willkommen. Hier lösen sich die Probleme der Süchtigen von alleine, indem ihnen die Hütte über dem Kopf zusammenbricht. Warum werden bloß immer die maroden Bruchbuden solchen Projekten zur Verfügung gestellt?«, maulte Tamme, als er direkt davor parkte.

»Kosten! Der gleiche Grund, warum wir in unseren Büros keine Klimaanlage haben und im Hochsommer darin kochen. Budgets und Etats werden nun mal nicht gerecht aufgeteilt«, erwiderte Sonja, und in dem Moment meldete sich Laurien.

»Hey Leute, ich habe den Bericht bereits. Die Kollegen in Leipzig waren nicht nur hilfsbereit, sondern auch schnell. Es ist nicht viel, aber immerhin sind ein paar Fotos dabei, die ich Sonja jetzt aufs Handy schicke. Der Bericht an sich gibt nichts her. Fremdverschulden wird ausgeschlossen, es war Flex, also MDPV, das als Rest in der Spritze gefunden wurde«, berichtete sie, damit die beiden sich das nicht extra durchlesen mussten. »Ach, der Kriminalpathologe merkte an, dass der Junkie beim letzten Schuss wohl von seiner Routine abwich. Der Doktor fand ziemlich malträtierte Venen im Oberschenkel. Matthias hat wohl in seiner akuten Zeit in die Oberschenkel gespritzt.«

»Wahrscheinlich um es vor seinen Eltern zu verheimlichen. Die Armvenen sind immer sehr ersichtlich, vor allem im Sommer«, meinte Tamme. Sie bedankten sich bei ihrer Kollegin und stiegen aus.

Die Leute, die dort im ersten Raum, der sich Büro nannte, saßen, waren richtig nett. So, wie das fast immer der Fall war bei Leuten, die solche Jobs gemeinnützig machten oder schlecht bezahlte Sozialarbeiter waren. Nachdem Tamme und Sonja sich erklärt und ihre Dienstmarken gezeigt hatten, nahm sie ein etwa Vierzigjähriger mit in einen kleinen Versammlungsraum. Ein Stuhlkreis von etwa fünfzehn Stühlen war in der Mitte aufgebaut. Auf den Klapptischen an der Wand standen ein Wasserkocher, löslicher Kaffee, Tee und ein großes Gurkenglas, das jemand mit Zucker gefüllt hatte. Der Gruppenleiter stellte sich als Karsten vor, erwähnte jedoch nicht seinen Nachnamen.

»Die AD sind eine anonyme Gruppe, wie auch die AA es sind. Ich bin einer der wenigen ausgebildeten Leiter, die das hier beruflich machen. Die anderen Gruppenleiter sind ehemalige Junkies oder Alkoholiker. Darum ist es auch so wichtig, der Sache mit dem …«, an der Stelle deutete er Luftgänsefüßchen an, »›anonym‹ absolute Priorität zu geben. Da macht es sich nicht gut, wenn die Polizei nach einem Junkie fragt!«

»Glauben Sie mir, im Fall unseres Ex-Junkies ist es keine Frage der Anonymität mehr, denn er ist tot. Wir brauchen hier Ihre Hilfe«, erklärte Tamme in aller Ruhe.

»Wenn ich weiß, wen Sie meinen. Wie gesagt, ich kenne lediglich den Vornamen, und meistens ist der auch nur ein Fantasiename«, erwiderte der Gruppenleiter. Sie hatten sich mittlerweile in den Stuhlkreis gesetzt.

Sonja holte ihr Handy raus und zeigte Karsten das Foto, das Leni ihr geschickt hatte. »Nein«, kommentierte der Mann das Foto aufgewühlt. »Ausgerechnet Matze hat es erwischt? Wie?«, fragte er erstaunt.

»Überdosis!«

»Verflucht, gerade für Matze hätte ich meine Hand ins Feuer gelegt. Denn wir hatten einen Deal, einen ganz persönlichen Deal. Wenn er jemals wieder dem Heroin erliegen sollte, würde er mit dem Stoff zu mir kommen, und bevor er sich die Kante gibt, wollten wir das Zeug prüfen«, sagte Karsten. »Auch wenn Matze klar war, dass ich ihn in dem Fall bequatschen würde, es nicht zu tun. Er versprach, für den Test zu kommen.«

»Was? Was soll das denn für eine Hilfe sein?«, fragte Tamme verständnislos.

Karsten lachte. »Gerade Sie als Polizist müssten doch wissen, wie elendig die Drogen heutzutage gestreckt sind. Da befindet sich leider nicht mehr nur Backpulver im Heroin, da werden Unmengen synthetischen Mists beigemischt. Fentanyl, Meth, Flex und wie sie nicht alle heißen. Von Heroin kam man mit Hilfe und Willen runter, selbst nach dem zweiten Schuss war man im Vergleich zu den heutigen Drogen noch nicht abhängig. Bei Flex, ich rede von MDPV, ist man normalerweise nach dem ersten Versuch auf dem Zeug. Billig und zerstörerisch sind diese Drogen. In den Staaten nennen sie es den Wahnsinn für fünf Dollar. Also war unser Deal: Wenn er es nicht mehr aushält, kommt er mit dem Stoff zu mir und wir testen, ob es eine Verunreinigung gibt. Und ich hätte alles darauf gewettet, dass Matze zu mir gekommen wäre, wenn er gespritzt hätte.«

»Was macht Sie derart sicher?«, fragte Sonja.

»Weil ihm jemand MDPV oral untergeschoben hat. Und er war stinksauer darüber«, erklärte Karsten.

Tamme nickte. »Woher wissen Sie das so genau? Ich meine, dass er MDPV genommen hatte.«

Karsten schnaufte. »Matze kam zu mir und bat mich um ein Einzelgespräch. Normalerweise kenne ich ihn als Ex-Junkie, der seit sieben Jahren nichts mehr angefasst hatte. Für einen so jungen Menschen ist das eine enorme Leistung. Er war ein regelmäßiger Teilnehmer unserer Treffen und fiel in der Gruppe immer sehr angenehm auf. Bis zu dem Einzelgespräch hätte ich nie geglaubt, dass er wieder mit Drogen Kontakt hätte.« Karsten sah einen Moment aus dem Fenster. Sonja und Tamme warteten geduldig, denn Matze schien diesem Sozialarbeiter am Herzen gelegen zu haben. Anscheinend hatte ihn niemand über Matzes Tod informiert. Vielleicht hatten die Polizei und die Eltern noch nicht einmal gewusst, dass Matze immer noch zu den Treffen ging und weiterhin einen Paten hatte. Karsten räusperte sich, dann fuhr er fort. »Matze sagte mir damals, er habe plötzlich ein Craving. Sie verstehen, was ich damit meine?«

»Ja, das englische Wort Craving steht für ein heftiges Verlangen nach Drogen«, versicherte Sonja ihm, dass sie im Bild waren.

»Er meinte, es wäre derart schlimm wie ein paar Wochen nach seinem letzten Entzug. Kaum noch auszuhalten und er verstehe nicht warum«, sagte Karsten. »Er schwor Stein und Bein, dass er nichts genommen hat. Er sagte mir aber, dass er momentan sehr oft bei einer Gruppe ist, die sich als Künstlerkolonie bezeichnet. Er vermutete, man habe ihm dort heimlich etwas untergeschoben. Und das bestätigte sich dann auch!«

»Sie haben ihn also einen Bluttest machen lassen?«, fragte Sonja, die solche Vorgehensweisen kannte.

Karsten nickte. »Matze wollte das unbedingt, jedenfalls habe ich den Bluttest für ihn machen lassen. Das kann ich bei unserem Labor, mit dem wir arbeiten. Der Junge hatte recht, es befanden sich Spuren von MDPV in seinem Organismus. Viel zu geringe Mengen für einen Ex-Junkie …«

»Was meinen Sie denn damit? Wieso viel zu geringe Mengen für einen Ex-Junkie?«, hakte Sonja direkt ein.

Karsten beugte sich vor und legte seine Unterarme auf die Oberschenkel. »Nehmen Sie einen Alkoholiker. Stellen Sie sich vor, er ist seit sieben Jahren clean und trinkt plötzlich ein Glas Wein auf einem Weinfest. Was glauben Sie denn, was dann passiert?«

»Ich nehme an«, beantwortete Tamme die Frage, »er hört nicht auf bis zur Bewusstlosigkeit, weil er einfach nicht anders kann.«

»Genau so ist es. Nur, dass ein Ex-Junkie noch viel gefährdeter ist. Das Suchtpotenzial ist bei Drogen viel höher. Der nimmt nicht nur eine Linie und pfeift sie sich durch die Nase. Oder schluckt nur eine halbe mit MDPV versetzte Tablette und das war's. Der setzt sich genauso einen Schuss, wie unser Alkoholiker zwei, drei Flaschen Wein trinkt. Die Menge, die wir in Matzes Blut fanden, entsprach einer halben Tablette. Das macht keinen Sinn, außer es wurde ihm untergeschoben. Fragen Sie jeden Arzt, der sich mit Drogen auskennt.« Karsten lehnte sich wieder zurück und überschlug die Beine. Mit seinen dreckigen, zerrissenen Bluejeans und dem verfärbten T-Shirt war es schwer, ihn anhand seiner Klamotten von seinen eigenen Klienten zu unterscheiden. »Außerdem war Matze jemand, der gespritzt hat. Ein Heroin-Klient, der schluckt nicht plötzlich Flex. Was dazukommt: Matze war ein absoluter Feind von synthetischen Drogen.«

»Hat er Ihnen von seinem Verdacht erzählt? Ich meine, wer ihm das verabreicht hat?«, fragte Sonja.

»Ja, er sprach von einem Guru, dem Leiter dieser Kolonie. Wissen Sie, ich arbeite seit fünfzehn Jahren mit Junkies. Alles, was Sie da hören, muss mit zweierlei Maß gemessen werden. Lügen die? Ist es die Wahrheit? Alles eine Abwägung. Ich sagte Matze, er solle den Mann anzeigen. Aber er meinte ganz richtig: Wer glaubt schon einem Ex-Junkie, wenn man vergewaltigten anständigen Mädchen oft nicht glaubt, wenn sie mit Rohypnol betäubt wurden? Matze meinte, er wird ihn konfrontieren, aber auf seine Art.« Karsten hob die Hände. »Und an der Stelle endete meine Arbeit. Ich hatte für ihn getan, was ich konnte. Manche Sachen müssen die Süchtigen selbst erledigen. Ich hatte nur gehofft, ihn wiederzusehen, clean wiederzusehen. Dass es aber gleich eine Überdosis Heroin war, tut mir für den Jungen von Herzen leid.«

»Nein, kein Heroin, ihm steckte eine Spritze im Arm, in der Reste von Flex nachgewiesen wurden«, korrigierte Tamme den Mann.

Auf Karstens Stirn bildeten sich steile Falten. »Sie sagen mir gerade, dass Matze an einer Überdosis Flex starb, gespritzt in seinen Arm?«, fragte er skeptisch.

»Ja, das beweisen auch die Fotos, die am Tatort gemacht wurden«, bestätigte Sonja.

»Kann ich mal eines der Fotos sehen? Keine Sorge, ist nicht das erste Mal, dass die Polizei mir so was zeigt«, meinte Karsten. Tamme und Sonja nickten sich zu, und sie suchte eines der Fotos raus, die Laurien geschickt hatte. Man sah Matze auf seinem Bett liegen. Der gelöste Venenstauer hing noch an seinem Oberarm. Die Spritze steckte mit runtergedrücktem Kolben in seiner Armbeuge. »Ist das ein seitengleiches Foto? Ich meine, ist das der linke Arm, in den er gespritzt hat?«, fragte Karsten.

»Ja, darauf wird bei Tatortfotografien geachtet. Es ist sein linker Arm«, bestätigte Tamme.

»Und es war ganz sicher MDPV?«

Wieder nickte Tamme. »Sie scheinen gerade sehr skeptisch zu sein«, meinte Sonja.

»Also wenn ich mir das so ansehe, dann kommt mir Matzes Überdosis faul vor. Erstens hätte er nie im Leben MDPV genommen. Ein guter Freund von ihm starb elendig an Flex, Matze hat in seinen schlimmsten Zeiten noch nicht mal Meth geraucht. Und zweitens nahm er nie seinen Arm, um sich zu spritzen.«

»Das stimmt zwar, der Pathologe fand Spuren der jahrelangen Sucht an seinen Oberschenkelvenen. Vielleicht war es ihm jedoch egal, er musste es ja nicht mehr verstecken, und da er es eilig hatte, spritzte er es in den Arm«, argumentierte Tamme.

Karsten nickte und verzog den Mund ironisch. »Und wenn er es so eilig hatte, warum spritzte er dann in seinen linken Arm? Matze war Linkshänder! Ich bezweifle, ob er überhaupt im linken Arm eine Vene gefunden hätte, und wenn, ganz bestimmt nicht schnell!«

Kapitel 6

Es war zum Verrücktwerden. Ausgerechnet heute konnte sie sich nicht von der Gruppe absetzen. Dabei brannte es ihr auf den Nägeln, sich beim LKA zurückzumelden. Es war bereits vier Uhr in der Nacht und sie hörte immer noch hier und da Schritte im Wohnhaus. Dennoch stand sie auf, zog sich den Rock und die Leinenbluse an und stellte sicher, dass der Pass, den sie aus Gabriels Schreibtisch genommen hatte, in ihrer Tasche war. Sie stand auf und legte ein Ohr an die Tür. Endlich war es ruhig geworden. Marett hatte Glück, denn ihre Mitbewohnerin hatte sich auf einen der Neuen eingeschossen. Sie verbrachte meistens die ganze Nacht bei ihm, so auch heute. Die LKA-Beamtin schlich sich auf den Flur. Mittlerweile waren alle Lampen gelöscht. Marett konnte nicht einfach runter und durch die Haustür raus, sie würde sofort die Bewegungsmelder aktivieren, und der Innenhof würde wieder mit dem Flutlicht ausgeleuchtet. So, wie es bei dem Einbrecher gestern Nacht der Fall gewesen war. Daher ging sie immer durch den kleinen Meditationsraum, der ein Fenster nach hinten auf die Felder hatte. Dort waren keine Sensoren und sie stieg durch das Fenster direkt auf die Wiese. Das Fenster ließ sie einfach angelehnt zurück. Jedes Mal, wenn sie zurückkam, klopfte ihr Herz vor Aufregung, denn wenn jemand das Fenster schloss, hatte sie ein Problem.

Auch dieses Mal dachte sie es wieder ungesehen über die Wiese zu schaffen. Sie merkte nicht, wie ihr eine Person durch das angelehnte Fenster nachblickte. Die Polizistin stapfte tapfer weiter über ein brachliegendes Feld, auf dem der Raps bereits abgeerntet war. Wenn sie die Fläche überquert hatte, war die kleine Baumgruppe nicht mehr weit. Wenigstens schien der Mond heute recht hell, sodass sie alles gut sehen konnte. Auf dem kleinen Stück inmitten der Felder befanden sich sechs Sandbirken, die hier zwischen Marsch und Geest auf den landwirtschaftlichen Flächen oft zu finden waren. Unter den etwa zweijährigen Bäumen, die an die drei Meter hoch waren, wuchs Gras. Marett hatte eine Sode mit Wurzeln gelöst und darunter ihre Sachen versteckt. Sie schaltete das Handy ein, das eine Gesichtserkennung hatte, und drückte die Kurzwahl. Es dauerte etwas, doch dann ging ein übermüdeter Georg Mitschrei ans Telefon.

»Ich bin es. Hören Sie, Georg, ich habe nicht lange Zeit«, sagte sie leise. Dann fing sie sofort an zu berichten. Von Gabriels Telefongespräch mit Cambridge und der Leiche, die dort in der Kolonie war und noch ein paar Tage dort sein würde, bis man sie entsorgte. Sie erzählte von dem Geldtransfer, der übermorgen geplant war, und davon, dass Robert morgen früh mit allen wichtigen Beweisen und Papieren die Kolonie in Ostfriesland in Richtung USA verlassen würde. Georg verstand sofort, dass sie Robert morgen observieren und am Flughafen festnehmen mussten. Er selbst wollte jetzt gleich mit dem FBI sprechen, damit die US-Behörde in Abstimmung mit dem LKA einen Einsatz in Cambridge planen konnten. Cambridge war sechs Stunden voraus, es war dort also bereits elf Uhr am Morgen. Mit seinem Anruf konnte er den Kollegen mehr Vorlaufzeit beschaffen. Er würde sich ihrem Timing anschließen und zeitgleich die Kolonie in Marienhafe hochnehmen. Während ihm diese Gedanken in Sekundenschnelle durch den Kopf gingen, wartete Marett auf seinen Befehl.

»Hören Sie, Marett, es ist Zeit, dass Sie verschwinden. Ich denke, das FBI wird spätestens in zwanzig Stunden zuschlagen. Vielleicht wäre es besser, wenn Sie sich vom Acker machen.«

»Das glaube ich nicht, Georg. Wir wollen Gabriel besser nicht vorwarnen. Von Roberts Verhaftung wird er so schnell nicht erfahren, denn bis der von Hannover via Frankfurt in New York ist, vergehen viele Stunden. Daher wird Gabriel sich nicht wundern, wenn er sich telefonisch nicht meldet. Aber wenn ich plötzlich abhaue, könnte das unseren Oberguru skeptisch machen«, meinte sie. »Abgesehen davon habe ich vielleicht eine Chance rauszubekommen, wo Chester ist, denn ohne seinen Pass kann er nicht weit gekommen sein! Uns hat man gesagt, dass er in die Staaten abgereist ist.«

»Na gut, Sie können das besser abschätzen. Doch beim leisesten Zweifel rufen Sie an. Ich gebe Ihnen die Handynummer vom

Ersten Hauptkommissar Faber in Emden. Der kann in spätestens zwanzig Minuten vor Ort sein. Er und sein Team sind verflucht gut! Ich rufe ihn gleich an und nenne ihm den Namen Marett. Es reicht also, wenn Sie anrufen und nur Marett sagen, dann weiß er, dass Sie in Gefahr sind. Okay?«

»In Ordnung«, meinte sie und notierte sich die Handynummer erst einmal auf ihren Unterarm. Sie hatte zwar einen Kuli in der Rocktasche, aber kein Papier.

»Verdammt noch mal, seien Sie bloß vorsichtig! Gehen Sie kein Risiko mehr ein!«

***

Georg Mitschrei hatte gleich nach seinem Gespräch mit Marett bei seinem FBI-Kontaktmann angerufen. Der Mann hielt sich zurzeit in der FBI-Academy in Quantico auf. Doch anstatt Agent Caver hatte Mitschrei nur einen dieser typischen Sesselpupser ans Telefon bekommen. Dennoch erzählte er ihm alles und der Agent versprach, die Nachricht weiterzuleiten. Dann wimmelte der US-Beamte den LKA-Mann ab wie eine lästige Mücke. Auch wenn Mitschrei wütend war, dass die Amis so arrogant reagierten, konnte er erst einmal nichts daran ändern. Dann gingen dem Federal Bureau of Investigation eben ein Mord und ein riesiger Geldtransfer flöten. *Was interessiert es mich*, dachte Mitschrei, um sich wieder abzuregen. Wie sehr er sich mit der Einschätzung täuschen sollte, konnte in dem Moment keiner ahnen, denn dann wäre einiges anders gelaufen.

»Morgen, Faber, Georg hier. Tut mir leid, dass ich dich wecke, aber es ist dringend«, meinte er, als Faber sich völlig verschlafen meldete. Es war erst halb sechs.

»Schon gut«, erwiderte Faber leise und sah auf Rike, die tief und fest weiterschlief. »Ich steh kurz auf, anschließend können wir reden.« Mit dem Telefon am Ohr verließ er das Schlafzimmer und ging in Boxershorts und T-Shirt runter in die Küche. Die Sonne war gerade aufgegangen, und während er zuhörte, machte er sich einen Kaffee. »Verstehe. Sag mal, ist es denn nicht zu gefährlich, deine Beamtin dort zu lassen? Wenn Chester weg ist, und das ohne Pass, wo hat man ihn hingebracht? Georg, wir können Gewaltverbrechen nicht mehr ausschließen.«

»Ich weiß, bloß Marett meinte, wenn sie jetzt abhaut, dann riecht Gabriel Lunte. Er schickt heute Morgen diesen Robert, seine rechte Hand, los. Der soll alle Papiere, die als Beweise dienen könnten, mitnehmen in die Staaten. Wir hängen uns an ihn dran und werden ihn in Hannover verhaften. Darum habe ich Marett deine Handynummer gegeben. Wenn sie irgendwie das Gefühl hat aufzufliegen, dann ruft sie dich an. Ihr könnt schneller vor Ort sein und sie rausholen. Mach dir keine Sorgen, das LKA wird alle eure Handlungen decken. Daher hast du die notwendigen Befugnisse.«

Faber trank einen Schluck Kaffee und fragte: »Sie ruft also meine Nummer an? Und dann?«

»Sie meldet sich als Marett, das ist ihr Deckname. Wenn du den Namen hörst, fahr sofort los, dann ist sie in Gefahr. Aber eigentlich rechnen wir nicht damit, es ist nur für den Notfall. Theoretisch sollte Gabriel Green nichts davon mitbekommen, dass wir Robert verhaften und an der Angelus-Artifex-Sekte dran sind. Marett hofft zu erfahren, wo Chester ist. Deshalb will sie bleiben.«

»Na, hoffentlich geht das gut. Ich will dir nicht noch zusätzlich ein schlechtes Gewissen machen. Aber Tamme und Sonja waren gestern in Leipzig und haben dort einiges Neues erfahren. Wenn das alles stimmt, sind bei der Sekte harte Drogen im Spiel. Sprich, auch deine Beamtin kann davon was abbekommen haben, ohne es zu merken. Und falls man sie erst einmal enttarnt, haben die anderen Flex-Junkies unter den Engelsleuten eventuell keinerlei Kontrolle über ihr Handeln.«

***

Robert war gleich nach dem gemeinsamen Frühstück und der Andacht losgefahren. Was immer die Polizei jetzt auch veranstalten würde, Papiere über Konten, Immobilien und Geldzuwendungen waren hier in der Kolonie nicht mehr zu finden. Das war schon einmal gut. Es hatte jedoch eine Überraschung gegeben, und die wollte Gabriel nicht in den Kopf. Der Verkünder zweifelte für einen Moment an sich selbst, war sich danach aber wieder sicher, dass Chesters Pass vor zwei Tagen noch in der Schublade gewesen war. Ganz in Ruhe ging er noch einmal jede einzelne Schublade durch, wendete jedes Blatt Papier, suchte sogar unter dem Schreibtisch. Auch hatte er den Pass nicht aus Versehen in die Hängeordner zu den Unterlagen über ein anderes aktives Mitglied gelegt. Die letzte Chance war das Geheimfach. Er ging zu der Wandverkleidung hinter dem großen Hundekissen. Er musste die beiden Rottweiler erst einmal von ihren Schlafplätzen wegdirigieren, damit er an die Paneele kam. Gabriel öffnete das dahinter liegende Fach, das er selbst eingerichtet hatte und von dem niemand wusste.

Vielleicht hatte er den Pass da hineingelegt. Immerhin hatte er an dem Abend etwas geschnupft, bevor er Myra in sein Bett holte. Manchmal wusste er danach nicht mehr so genau, was er tat. Der Sex, den er hatte, wenn er eine Nase nahm, war einfach göttlich, eine höhere spirituelle Erfahrung. Aber wenn er es zu oft tat, entglitt ihm eine Erinnerung. Er durchwühlte das mit Stahl verstärkte Geheimfach, doch außer den Beuteln mit dem Flex lag darin lediglich ein Bündel Hunderter als Notreserve. Der Pass war weg, und das konnte nur bedeuten, dass jemand ihn genommen hatte. Er verschloss das Geheimfach wieder und begab sich zurück zum Schreibtisch. Die beiden Rottweiler verfolgten ihn aufmerksam mit ihren Augen, doch blieben vor dem Bett liegen.

»Wer war es, könnt ihr mir das sagen, Diwo oder Cadejo?«, fragte er nachdenklich in Richtung der Hunde. Sofort hoben die beiden Hunde die Köpfe, die vorher noch auf den Pfoten gelegen hatten. Es konnte nur Myra oder eines der neuen Mädchen gewesen sein, die er sich in sein Bett geholt hatte. Wenn ja, dann gab es eine Verräterin unter ihnen. Von den Männern hatte niemand außer Robert Zugang. Und seit Gabriel wusste, dass Robert sein Bruder Michael sein würde, gab es keinen Funken Verrat in Michaels Blut. Im Gegenteil, sein Bruder würde lieber sterben, als Gabriel zu hintergehen. Dennoch machte ihn das alles nervös. Erst das merkwürdige Verhalten von Uriel, als er den Flügelbeweis verlangte, danach das Auftauchen der lokalen Polizei und dann der Einbruch des amerikanischen Ex-Cops. Biancas aufmüpfiges Verhalten in der Kolonie in Cambridge war auch nicht zu unterschätzen. Gabriel grübelte und fragte sich, ob die Apokalypse näher war, als er es berechnet hatte. Nur war es Gott, der ihm die Jahreszahl selbst diktiert hatte, und bis dahin sollte Gabriel ein Heer erschaffen. So schnell ging das nun einmal nicht. *Nein*, sagte er sich, *so ist es nich*t. Es machte eher den Eindruck, dass der Teufel mit ihm und den Seinen spielte. Gabriel wurde mal wieder geprüft und er musste bestehen. Es war nicht das erste Mal, seit er erleuchtet worden war.

Gabriel hing weiter seinen Gedanken nach, als die Hunde sich plötzlich erhoben und zur Tempeltür trabten. Dort standen sie aufmerksam. Jemand war draußen, obwohl momentan niemand etwas im Tempel zu suchen hatte. Schnell stand er auf, ging zur Tür und riss sie unvermittelt auf. Phoebe stand erschrocken vor ihm, die Hand gehoben, weil sie gerade anklopfen wollte.

»Ich sah dich in meinen Gedanken kommen, Schwester. Was willst du hier?«, fragte er, denn Phoebes Gesicht wirkte erschrocken, als er unvermittelt die Tür aufgerissen hatte.

»Verzeih mir, Verkünder, doch ich habe eine Beobachtung gemacht, die mir eigenartig vorkommt, und ich dachte, Gabriel sollte davon wissen«, stotterte Phoebe mehr, als dass sie es sagte. Sie war immer noch befangen in seiner Gegenwart. Obwohl Gabriel nie ihr Partner gewesen war. Sie hatte sich in Lilu verliebt, bevor sie die Lehre lieben lernte. Daher war Gabriel ihr nicht so nah, und Phoebe war regelmäßig unsicher in seiner Anwesenheit. Er strahlte etwas aus, das sowohl Respekt einflößend als auch anziehend war. Und obwohl sie schon einmal einen großen Auftrag für ihn ausgeführt hatte, verunsicherte der Verkünder sie.

Gabriel kam mit den beiden Hunden aus seinem Büro. Er verschloss den Raum und ging mit Phoebe in den Tempel. Dort setzte er sich auf das Kissen und sie kniete sich vor ihn. »Schwester, was hast du zu berichten? Hab keine Furcht, rede einfach!«

»Heute Nacht konnte ich nicht schlafen, ich hörte über mir im Zimmer Geräusche. Dann schlich jemand die Treppe herunter. Ich folgte den Schritten in den kleinen Meditationsraum am hinteren Ende des Wohnhauses. Dort war ein Fenster nur angelehnt. Ich sah eine unserer Anwärterinnen über die Wiese auf ein Feld gehen. Sie verschwand anschließend in Richtung einer Baumgruppe. Aber genau erkennen konnte ich nicht, was sie dort tat. Der Mond verschwand in dem Moment hinter den Wolken. Ich wartete und nach einer Viertelstunde kam sie zurück. Als sie wieder durch das Fenster in den Raum kletterte, erkannte ich sie. Es war Marett. Ich dachte, vielleicht ist die Information wichtig für dich, Verkünder!«

Gabriel musste einen Moment nachdenken, um Marett überhaupt visualisieren zu können. Sie war ein eher unscheinbares Mädchen, das ihn nie angezogen hatte. Aber sie war eine der Mitläufer, die die Gruppe bei einer Kunstausstellung von Gabriel Green in Leipzig kennengelernt hatte. Keine Künstlerin von der Hochschule, eine Arzthelferin, wenn er sich recht erinnerte. Sie war bereit, ihre Ersparnisse recht schnell beizutragen und zu ihnen zu gehören. *Vielleicht ein bisschen zu schnell. Was tut so ein Mädchen in der Nacht auf dem Feld?*, fragte er sich. »Phoebe, weißt du, wo Marett jetzt ist?«

»Ja, sie ist in der Bibelstunde. Ich war auch dort und entschuldigte mich, um mit dir zu sprechen. Die Lesung hatte gerade angefangen, als ich aus dem Raum ging«, erwiderte Phoebe pflichtbewusst.

»Gut, dann sind alle im großen Versammlungssaal neben dem Wohngebäude«, meinte Gabriel gedankenversunken. »Zeig mir, wo du sie auf dem Feld gesehen hast«, forderte er sie auf und verließ mit Phoebe den Tempel.

Draußen kümmerten sich einige der Anwärter um die Fütterung der Tiere, einige bereiteten das Essen zu, doch die meisten waren in der Bibelstunde. So waren sie beide fast allein im Innenhof. Sie gingen hinter das Wohngebäude zu dem erwähnten Fenster. Dort sah Gabriel die Fußabdrücke im Beet. An dem niedergetretenen Gras der Wiese war zu sehen, dass dort jemand entlanggegangen war. »Phoebe, ich möchte, dass du in Maretts Zimmer gehst und ihre Sachen durchsuchst. Bring mir alles, was dir außergewöhnlich erscheint. Und warte anschließend im Tempel auf mich«, wies er sie an.

»Ja, Verkünder«, erwiderte sie und lief beflissen zum Wohngebäude zurück.

Gabriel folgte der Spur auf der Wiese und dann den eindeutigen Abdrücken auf dem Feld. Auf dem abgeernteten Rapsfeld sah man die einzelnen Fußtritte besonders gut. Vor allem, weil die Nacht feucht gewesen war und sich die Schritte tiefer in den Boden gedrückt hatten. Sie führten auf eine kleine Baumgruppe zu, die zwischen vier Feldern gewachsen war. Auf den ersten Blick fiel ihm nichts Besonderes dort auf, bis er die lose Grassode wahrnahm. Er hob sie an und fand die Metalldose darunter. Als er sie öffnete, sah er als Erstes den amerikanischen Pass. Natürlich war es Chesters, dennoch prüfte er das Foto. Darunter lag ein Waffenholster. Darin steckte eine Heckler & Koch Kaliber 9 x 19 mm. Außerdem fand er dort einen Dienstausweis des Landeskriminalamts Niedersachsen. Ulrike Wiesner, Kommissarin. Das Foto zeigte eindeutig Marett. Nur hatte sie einen blonden Pagenschnitt anstatt des braunen Lockenkopfs, den sie mittlerweile trug. Hätte sie wie auf dem Bild ausgesehen, hätte Gabriel sich für Marett interessiert. Das Mädchen Marett, das er kannte, wirkte jedoch reizlos und ein wenig wie ein Bauerntrampel. Gabriel verstand jetzt auch, warum das gewollt war.

»Damn«, fluchte Gabriel auf Englisch. Selten fiel er in seine Muttersprache zurück. Er versuchte hier in Deutschland nur deutsch zu reden, und das verlangte er ebenfalls von seinen amerikanischen Anhängern. »A cop undercover«, knurrte er laut vor sich hin. Dann sah er sich das ausgeschaltete Handy an. Er legte alles wieder in die Dose und nahm sie kurzerhand mit.

Als er zum Tempel zurückkam, wartete Phoebe bereits auf ihn. »Verkünder, außer einer Packung Schokoladenkekse, die Marett während der Fastentage eigentlich nicht essen sollte, konnte ich nichts weiter finden«, erstattete sie sofort Bericht.

»Das hast du gut gemacht. Bitte geh doch jetzt in die Bibelstunde und hol mir Marett. Danach kannst du weiter deinen Aufgaben nachgehen. Du hast uns allen sehr geholfen, Phoebe, das wird dir Gott und auch ich nicht vergessen. Genau wie beim letzten Mal hast du es besonders gut gemacht. Ich werde Lilu bitten, sich bei dir von uns erkenntlich zu zeigen.« Natürlich wusste Gabriel, dass Phoebe sich zu Frauen hingezogen fühlte. Aber sie war als Arbeitsbiene in ihrer Kolonie genauso wichtig wie die gebärenden Frauen und die Anwerberinnen. Ohne Phoebe hätte Gabriel vielleicht nie den Dämon in Marett gesehen. Jetzt wusste er, dass sie Samaels Werkzeug war und für die Polizei spionierte, um seinen großen Auftrag zu boykottieren.

Als Phoebe Marett aus der Bibelstunde holte und ihr sagte, dass Gabriel in seinem Büro auf sie wartete, wurde der LKA-Beamtin schlecht. Dorthin rief er nur die Mädchen, die er wollte, davon hatte sie sich das letzte Mal überzeugen können. Das große Doppelbett sprach eine ganz eindeutige Sprache. Jetzt war es also so weit. Wie oft hatte sie sich schon Gedanken darüber gemacht, wie sie sich verhalten solle, käme es zu dieser Situation. Immer wieder war es die gleiche Entscheidung gewesen. Auch wenn die Gefahr bestand, dass er sie aus der Kolonie rausschmiss, sie würde Nein sagen. Phoebe begleitete sie bis vor die Tür und wartete auch noch darauf, dass sie ins Büro eintrat, bevor sie selbst ging. Gerade so, als wolle sie sicherstellen, dass Marett nicht abhauen konnte.

Gabriel saß hinter seinem Schreibtisch, seine Miene war streng und er sah nicht gerade danach aus, dass es ihm nach einem Schäferstündchen gelüstete. *Aber was weiß ich schon von diesem Freak*, dachte die LKA-Beamtin.

»Marett, Marett, Marett«, sagte er tadelnd wie ein strenger Vater zu einer Tochter. Er ließ sie einfach wie ein dummes Mädchen vor seinem Schreibtisch stehen. »Ich dachte, du liebst unsere Sache, Gott, mich, die Engel. Doch es stellt sich raus, du verehrst nur einen, der vor langer Zeit ein Engel war und jetzt als Samael die Dämonen ausschickt.«

»Was?«, fragte Marett entsetzt. *Der hat se wohl nicht alle*, schoss es ihr durch den Kopf. *Was soll denn der Mist?*

»Leugne nicht, ich weiß, wer du bist, und ich weiß, dass Samael dich angestiftet hat, hier zu spionieren. Nicht wahr, Frau Kommissarin Ulrike Wiesner?« In dem Moment zog es Ulli den Boden weg, sie musste sich mit einer Hand am Schreibtisch festhalten. Ihr Herzschlag verdoppelte sich und sie begann zu schwitzen. Wie konnte das sein? Ihr Cover war aufgeflogen, er wusste, dass sie eine Polizistin war. Kurz dachte sie darüber nach, zur Tür zu rennen. Er schien zu ahnen, was sie vorhatte, und war schneller bei der Tür, um diese zu verschließen. Wahrscheinlich war die Tür nach hinten auf das Feld bereits verschlossen.

»Hören Sie, Herr Green. Es stimmt, ich bin eine Undercover-Beamtin des Landeskriminalamtes. Man weiß nicht nur, wo ich bin, wenn ich mich nicht in einer Stunde melde, dann kommt eine ganze Hundertschaft, um mich hier rauszuholen«, versuchte sie es. Doch er war ein viel zu guter Psychologe. Er las in der Angst, die in ihrem Gesicht stand.

»Ach wirklich, jetzt bluffst du. Du hast Angst, Ulrike, und das ist auch sehr angebracht. Denn der Dämon in dir kann jetzt nicht mehr helfen. Aber ich kann helfen, wir werden ihn austreiben, dann hast du noch eine Chance auf das Himmelreich. Unser Herrgott kann sehr gnädig sein, wenn ein Mensch vom Teufel verführt und dennoch geläutert wird«, sagte er gerade, als sein Handy auf dem Tisch klingelte. Er sah sich die Nummer an, nahm ab und hörte kurz zu. »Calm down, I can't understand a word you're saying. Slowly. Bianca? Is that you? What? The FBI is in the colony? For God's sake!«, fluchte er. Danach war anscheinend die Verbindung abrupt unterbrochen worden.

Wenigstens hatte die Kommissarin so viel mitbekommen, dass es wohl ein Anruf der Kolonie in Cambridge war, denn Bianca war die Leiterin. Und es hörte sich so an, als wäre das FBI vor Ort und machte eine Razzia. Gabriel sprang augenblicklich auf, schloss die Tür auf und rief den Hunden einen Befehl zu. Sofort sprangen die beiden auf und standen zähnefletschend vor der Kommissarin. Dann verschwand Gabriel und schloss hinter sich ab.

»Gute Hundchen, wollt ihr ein Leckerli«, flötete die Polizistin wie immer, wenn sie mit den Tieren alleine war. Sie hoffte, dass dieser Angriffsbefehl nicht so tief in das Hundebewusstsein eingedrungen war, dass sie vergessen hatten, wer ihre Wohltäterin war. Als sie vorsichtig ihre Hand in die Rocktasche schob, war sie heilfroh, neben den Zuckerstücken für die Pferde auch Hundekekse zu fühlen. Die Rottweiler knurrten böse und zeigten die Reißzähne. Es gefiel ihnen nicht, dass sie sich bewegt hatte. Erst als sie die Kekse fallen ließ, waren die Hunde irritiert. Endlich gab Diwo seine Aggression auf und schlabberte das Leckerli vom Boden. Keine Sekunde später tat es ihm Cadejo gleich und damit hatte sich das Knurren erledigt. Schwanzwedelnd standen die beiden vor ihrer Freundin und hofften auf mehr. Sie ließ weitere Kekse fallen, damit ihre Aufpasser beschäftigt waren. Sofort schnappte sich die LKA-Beamtin das Festnetztelefon und wählte die Handynummer, die immer noch auf ihrem Unterarm stand.

Es klingelte und klingelte. *Bitte sei nicht ausgerechnet jetzt auf dem Klo*, dachte sie verzweifelt. Sie wollte schon aufgeben und Mitschreis Nummer versuchen, als sie merkte, dass der Schlüssel in die Tür zum Tempel gesteckt wurde. In dem Moment, in dem Faber sich endlich meldete, trat Myra in den Raum. »Marett hier!«, schaffte es die Kommissarin noch zu sagen. Sofort riss Myra ihr das Telefon aus der Hand und holte zu einem harten Schlag gegen den Kopf der Polizistin aus. Die Kommissarin Ulrike Wiesner hatte keine Chance und sackte bewusstlos zusammen.

***

Tamme und Sonja waren in aller Herrgottsfrühe von Leipzig zurück nach Emden gefahren. Eigentlich wollten sie schon gestern Nacht los, doch das Gespräch mit den damals im Fall Matthias Bühlow-Sonderberg ermittelnden Beamten zog sich am

Abend lange hin. Als sie gegen kurz nach zehn endlich im Großraumbüro ankamen, war Faber gerade dabei, dem Team von Georg Mitschreis Anruf zu erzählen.

»Das LKA hat von der Undercover-Beamtin, die in der Kolonie den Namen Marett führt, einiges erfahren. Sie hat wohl ein Gespräch belauscht, in dem es um eine Leiche in der Cambridge-Kolonie geht. Außerdem soll wohl morgen US-Zeit das Vermögen der Sekte auf Offshore-Konten überwiesen werden«, erklärte er gerade. »Zusätzlich hat Gabriel Greens rechte Hand, ein gewisser Robert, vor zwei Stunden die Kolonie mit allen beweisträchtigen Papieren verlassen. Georg Mitschrei ist an dem Mann dran. Sie wollen ihn am Flughafen festnehmen, sodass Gabriel davon nichts mitbekommt. Nach Sichtung der Papiere bereitet das LKA eine Razzia vor. Außerdem hat das LKA die Informationen über Cambridge an das FBI weitergeleitet. Man wartet hier auf eine Rückmeldung, damit die Razzias zeitgleich ablaufen. Es muss eine abgestimmte Aktion werden, damit keiner der Engelsleute in den USA oder hier den anderen warnen kann.«

»Hat die Undercover-Beamtin was über Chester gesagt?«, fragte John hoffnungsvoll.

Faber atmete tief ein. »Ja, sie sagte, er sei an dem Tag, an dem du eingebrochen bist und wir dich abgeholt haben, von der Kolonie fortgebracht worden.«

»Aber wohin? Wenn er in die Staaten geflogen wäre, dann hätte ich schon einen Anruf bekommen. Mein Cousin hat ihn auf die Liste gesetzt. Wenn er einreist, bekommt er eine Warnung«, meinte der Ex-Cop.

»Es tut mir leid, John. Marett und den anderen Anhängern wurde zwar gesagt, dass er in die Staaten zurück ist, doch wir glauben das nicht. Gestern Abend hat Marett wohl Chesters Pass gefunden, und ohne den fliegt der Junge nirgendwo hin.« Faber sah John besorgt an.

»Ich fasse es nicht. Dann lebte Chester und war in der Kolonie, als ich dort war? Und jetzt, wo ist er?«

»Das wissen wir nicht«, musste Faber zugeben. »Wir können nur hoffen, dass sie ihn von dort fortgebracht haben, weil sie deine

Vergangenheit als Polizist kennen. Das bedeutet nicht gleich, dass ihm etwas zugestoßen ist.«

John schüttelte nur den Kopf, er glaubte Faber kein Wort. Rike ging zu John und legte ihm die Hand auf die Schulter. »Lass uns nicht die Hoffnung verlieren.«

Jetzt meldete sich Tamme zu Wort, der genau wie Sonja im Raum stand und nicht einmal die Jacke ausgezogen hatte. »Faber, warum ist die Undercover-Beamtin Marett weiterhin bei denen? Sie hat belastende Beweise gefunden, ein gefährliches Gespräch mit angehört und schwebt meines Wissens in höchster Gefahr. Außerdem sind wir der festen Meinung, dass Gabriel Green allen Mitgliedern der Sekte regelmäßig die Droge Flex verabreicht, ohne dass die Anhänger davon wissen. Und das bedeutet, auch Marett bildet da keine Ausnahme.«

»Alles spricht dafür«, erklärte auch Sonja. »Was wir über Matthias Bühlow-Sonderberg in Leipzig erfahren haben, ist beängstigend. Wir denken, er wurde von der Sekte umgebracht. Die Kripo Leipzig und wir haben den ganzen Abend darüber geredet. Die Kollegen fangen noch heute an, auf dem Campus nach Augenzeugen für den Tag, an dem Matze an einer Überdosis starb, zu suchen. Die LKA-Beamtin sollte so schnell wie möglich da raus, nicht erst, wenn FBI und LKA ihre gemeinsame Razzia abgestimmt haben. Das kann zu lange dauern. Wer sagt denn, dass Gabriel nicht klar Schiff macht, wenn er diesen Robert schon mit den belastenden Papieren fortschickt?«, warf sie fragend in den Raum.

»Glaub mir, so habe ich auch argumentiert, als mich Mitschrei heute Morgen um halb sechs angerufen hat. Aber Marett bestand wohl darauf, dort zu bleiben. Sie hat einfach Bedenken, dass Green Lunte riecht und überstürzt handelt, wenn sie plötzlich verschwindet. Sie will ihn in Sicherheit wiegen«, sagte der Chef.

Sonja schüttelte den Kopf. »Und wenn sie jetzt auffliegt? Wenn er merkt, dass der Pass von Chester weg ist, und ihr gegenüber misstrauisch wird? Dann ist das LKA nicht vor Ort!«

»Darum gab Mitschrei Marett meine Handynummer. Sie ruft an, wenn sie in Not ist. Wir holen sie in dem Fall unverzüglich raus. Tamme, geh mit Sonja runter in den Fuhrpark und lass den großen Jeep fertig machen. Mit dem kommen wir vielleicht von hinten in die Kolonie, falls das Tor wieder zu ist. Friedhelm, Torben, ihr fahrt bei Tamme und Sonja mit. John, Schorlau und Rike fahren mit mir, falls es dazu kommt. Wir müssen schnell sein, daher bitte jetzt schon Waffen anlegen, damit wir innerhalb von Sekunden aus dem Revier sind.«

»Haben wir denn eine rechtliche Grundlage, dort einzufallen?«, fragte Laurien, die damit rechnete, im Büro zu bleiben. Bei solchen Außeneinsätzen konnte sie nicht viel beitragen.

»Mitschrei hat mir zwar alle Befugnisse vom LKA übertragen, doch ich rufe jetzt mal lieber Kriminalrat Heuer an und bringe ihn auf den neusten Stand«, sagte er.

John schnaufte laut auf. »Faber, nein, tu das nicht. Hol sofort das Mädchen da raus, egal was das LKA oder sonst irgendjemand gesagt hat. Ihr kennt uns Amerikaner nicht. Wenn das FBI die Chance sieht, in den Staaten zuzuschlagen, dann machen die das, ohne jemanden hier in Deutschland zu informieren. Glaub mir das einfach!«

Das ganze Team sah John zweifelnd an. Es war Rike, die fragte: »Ist das dein Ernst, John?«

»If that ain't a fact, God's a possum«, erwiderte John, was bedeutete, dass er das ganz ernst meinte. »Rike, we're burning daylight here. Don't trust the FBI. You know what they say – there's a new Sheriff in town, and he's only looking out for himself!«

Faber verstand sofort. John war der Meinung, dass man mit dem FBI nur Zeit verschwendete, da sie ohne Rücksicht auf Konsequenzen das taten, was sie wollten. Man sollte ihnen nicht trauen. Eine weitere Sekunde dachte er über die Lage nach, dann traf er eine Entscheidung. »Also gut, du hast mich überzeugt, John. Mach den Jeep fertig, wir alle rücken in fünf Minuten aus. Laurien, du rufst Kriminalrat Heuer an und bittest ihn das LKA zu informieren. Wir machen das unter dem rechtlichen Grundsatz ›Gefahr in Verzug‹. Es geht um das Leben einer Polizeibeamtin«, entschied er.

***

»Wir haben eine Verräterin in unserer Mitte«, schrie Gabriel voller Zorn von der Bühne im Tempel. »Sie hat uns ausspioniert, belogen, Gott verhöhnt und gerade die Polizei angerufen. Satan steckt in ihr und seine Armee wird kommen. Werdet ihr kämpfen, Engel?«, feuerte er seine Anwärter an. Und seine Worte wirkten, wie sie es immer taten. Man hörte Halleluja, gelobt sei Gott, der Herr, für dich, Gabriel. Alles schrie durcheinander. Wieder breitete er seine Arme aus, während Myra Marett am Boden festhielt. Der Schlag, den Myra der Polizistin versetzt hatte, war hart gewesen, und der Kommissarin ging es gar nicht gut. An Flucht war nicht zu denken und Myra war erstaunlich kräftig.

»Wir werden uns jetzt stärken, Gottes Atem aufnehmen!« Sofort war Phoebe neben ihm und reichte die beiden Vaporizer, eine größere Version einer E-Zigarette, runter zu den Engelsanwärtern. »Nehmt zwei, drei tiefe Züge, denn heute braucht ihr eure Kraft. Ich befehle euch, für Gott zu kämpfen, bis der Feind besiegt ist. Hört nicht auf und denkt daran, ihr könnt keinen Schmerz empfinden, man kann euch nicht besiegen. Die Armee Gottes, seine Engel kämpfen wieder.« Die Rufe wurden jetzt ohrenbetäubend. Der Tempel füllte sich mit dem Geruch der synthetischen Droge aus dem Vaporizer, es erinnerte entfernt an verbranntes Plastik und Desinfektionsmittel. Drei tiefe Züge von dem Flex, und die neuronalen Nervensysteme der Anhänger spielten verrückt.

In dem Moment waren Martinshörner zu hören. Die Polizei war bereits auf dem Weg. Phoebe hielt den Verdampfer auch Myra hin, die zweimal tief daran zog. Selbst Gabriel nahm ein paar Züge, obwohl er sich sonst eher zurückhielt. Doch er brauchte Energie, um diese Polizistin zu erledigen und anschließend mit Myra zu fliehen. Ohne die Aussage von dieser Marett konnte man ihnen nichts anhaben. Und wenn seine Jünger im Rausch auf die Polizisten losgingen, war das nicht seine Schuld.

Die Sirenen der sich mit Blaulicht nähernden Wagen wurden immer lauter. »Geht jetzt ins Haupthaus. Sobald sie in der Kolonie sind, stürmt heraus und kämpft, jeder Mann, jede Frau im Namen Gottes!«

Kapitel 7

Innerhalb von fünf Minuten war das Team des Kriminal- und Ermittlungsdienstes Emden auf die beiden Autos verteilt. Faber hatte sich für Blaulicht und Martinshorn entschieden und fuhr zügig in Richtung Marienhafe.

»Es kann natürlich nach hinten losgehen, wenn du das jetzt so allein entscheidest«, gab Schorlau zu bedenken.

»Danke, Philipp, das ist jetzt nicht sehr hilfreich. Aber lieber bekomme ich einen gehörigen Rüffel von meinem Chef, dem LKA und notfalls sogar dem FBI, als dass ich damit lebe, dass Marett etwas passiert ist.«

»Doc«, mischte sich John ein, der hinten neben Schorlau saß. »Shut up for once in your life!«, maßregelte er Philipp, dass er endlich mal den Mund halten sollte, woraufhin erst recht eine Diskussion zwischen den beiden entbrannte.

Gerade hatten sie Pewsum passiert, als Faber endlich merkte, dass sein Handy in der Brusttasche klingelte. Das Martinshorn und Schorlaus und Johns Stimmen hatten das übertönt. So schrie er kurz und laut »Ruhe« und schaltete die Freisprechanlage ein. »Faber«, meldete er sich, denn die Nummer hatte er nicht erkannt.

»Marett hier!«, hörten sie eine weibliche Stimme, der man die Todesangst regelrecht anhörte. Dann war das Gespräch weg. Faber gab Rike sofort das Telefon.

»Versuch zuerst einen Rückruf, danach melde dich bei Mitschrei und sag ihm, was los ist«, wies er sie an. Anschließend drückte er noch mehr auf die Tube. Rike hatte mit dem Rückruf keinen Erfolg, niemand erwiderte ihren Anruf. Dafür konnte sie jedoch Mitschrei gleich nach dem ersten Klingeln an den Apparat bekommen. Sie unterrichtete ihn über die Situation und hörte einen Moment zu, bevor sie das Handy weglegte.

»Faber, fahr schneller, das Mädchen steckt in ernsten Schwierigkeiten. Die Kollegen vom LKA sind irgendwo bei Bremen noch hinter diesem Robert her. Wir müssen Marett da schnellstens rausholen«, trieb sie Faber zu mehr Eile an, obwohl der Erste Hauptkommissar bereits die Kurven der Landstraße mit viel zu hoher Geschwindigkeit nahm. John und Philipp wurden hinten ordentlich durchgeschüttelt. Hinter ihnen waren Tamme und Sonja zusammen mit Torben und Friedhelm in dem großen Polizeijeep und hatten Schwierigkeiten mitzuhalten. Falls man vorne das Tor verschlossen hatte und sie es nicht aufbekämen, musste es ein Fahrzeug von hinten über die Felder versuchen. Aber ob der Jeep das nach der feuchten Nacht schaffte, ohne sich festzufahren, war fraglich.

Endlich schlitterte der Audi links in den Feldweg. Wie zu erwarten war das Tor fest verschlossen. »Na, hoffentlich wird das hier jetzt nicht ein zweites Waco«, bemerkte Schorlau und John grunzte zur Bestätigung von hinten.

»Vielleicht solltest du mir eine Waffe geben«, wandte John sich an Faber.

»John, wir sind hier in Deutschland und nicht in einem Bruce-Willis-Film. Ich bin meinen Job los, wenn ich das tue. Außerdem bleiben du und Philipp erst einmal im Auto, verstanden! Wir müssen sehen, wie wir da reinkommen«, erwiderte Faber nur und sprang aus dem Wagen. Tamme hatte den Jeep genau vor die im Tor eingelassene Tür geparkt. Faber hämmerte gegen die Tür und gab sich als Polizei zu erkennen, befahl, die Tür zu öffnen. Jetzt war es völlig egal, dass er keinen Durchsuchungsbeschluss hatte. Nach Maretts Anruf war eindeutig Gefahr in Verzug, und er hoffte nur, dass der LKA-Beamtin nichts zugestoßen war. Ihr Anruf hatte sehr verzweifelt geklungen.

Als sich nichts tat, nickte Faber Tamme zu und zeigte direkt auf die Tür. »Du willst, dass ich versuche, die Tür mit dem Jeep aufzudrücken?«, fragte Tamme lieber noch einmal nach.

»Genau das«, erwiderte Faber. »Wir brauchen den kürzesten Weg. Ich sichere euch«, fügte er an und zog seine Dienstwaffe aus dem Holster. Die Heckler & Koch im Anschlag stand er bereit, während Tamme mit dem Jeep mäßig Gas gab und gegen die Tür drückte. Auch wenn sie recht stabil war, musste sie gegen die Pferdestärken eines Jeeps doch irgendwann nachgeben und brach aus den Angeln. Faber stürmte mit Rike, gefolgt von Tamme und Sonja, auf das Anwesen. Kurz darauf standen nicht nur Torben und Friedhelm, sondern auch Schorlau und John bei ihnen. Und das, obwohl Faber den beiden strikte Anweisung gegeben hatte, im Wagen zu bleiben. Aber was konnte man Philipp schon verbieten? Er tat meist, was er wollte. Und John stand ihm mit seinem Individualismus in nichts nach.

Erst einmal kamen sie in einen verwaisten Hof. »Kommen Sie raus, dann passiert Ihnen nichts. Wir sind von der Polizei und müssen Sie in Gewahrsam nehmen. Ergeben Sie sich, und keinem passiert etwas«, rief Faber laut in die Ruhe. In dem Moment hörten sie aus dem Tempel den Schrei einer Frau. Alle nahmen an, es war Marett, die junge LKA-Beamtin. »Sonja, Rike, ihr geht in den Tempel. Äußerste Vorsicht!«, rief Faber und dann brach die Hölle los.

Aus den Wohngebäuden stürmten die Anhänger der Angelus-Artifex-Sekte auf die fünf Beamten und John los. Faber gab sofort einen Warnschuss in die Luft ab, nur das schien die jungen Menschen nicht abzuhalten. Sie wirkten wie ferngesteuerte Zombies. Alle rannten mit ausgestreckten Armen auf sie zu, als wollten sie ihnen die Augen auskratzen.

»Waffen weg, Rike und Sonja in den Tempel und wir anderen müssen uns wohl prügeln«, schaffte er noch zu rufen, als der erste junge Mann vor ihm zum Schlag ausholte. Faber duckte sich und streckte das halbe Hemd mit einem Kinnhaken zu Boden. Doch plötzlich war eine der Anhängerinnen hinter Faber und sprang ihn an. Sie verkrallte sich in seine Haare. Wie eine Furie schlug sie auf ihn ein, sodass dem Kommissar nichts anderes übrig blieb, als sie von sich runter zu zerren und ihr eine schallende Ohrfeige zu verpassen. Tamme hatte die gleichen Schwierigkeiten wie Faber. Mit seiner Urgewalt war es einfach, die jungen Männer mit einem Fausthieb auszuschalten, so richtig auf die Frauen und jungen Mädchen einzuschlagen widerstrebte dem Wikinger jedoch immens. Jedenfalls bis Lilu mit einem eigenartigen Dolch in Philipps Richtung rannte, der sich gerade einen Boxkampf mit einem der Engelsanwärter lieferte. Tamme erwischte sie an einem ihrer langen Zöpfe und schleuderte sie regelrecht um seine eigene Achse, bis ihr der Dolch aus der Hand flog. Sie schrie wie am

Spieß. Die Laute waren höllisch und kaum mehr menschlich. Sie keifte und versuchte, um sich zu schlagen, als ihr Körper auf weitere Angreifer traf und diese zu Boden gehen ließ. Einen Moment später hatte Tamme nur noch den einen Zopf in der Hand. Der Rest von Lilu kugelte in einiger Entfernung über den Sandboden des Innenhofs. Angeekelt schmiss der Kommissar die Haarflechte von sich. Ihr Haar war wohl nicht für solche akrobatische Einlagen gemacht.

Nachdem der erste Angriff abgewehrt war und sich die Anhänger weiter hinten wieder sammelten, legten Tamme und Faber den bewusstlosen und verletzt am Boden liegenden Anwärtern Kabelbinder hinter dem Rücken an. Wenigstens hatten sie davon genug mitgenommen. Doch viel Zeit hatten sie dafür nicht, schon rannten wieder mehr als zwanzig Anhänger auf sie zu, als wäre die Apokalypse losgebrochen. Faber kam sich vor wie in einem dieser Science-Fiction-Filme, in denen die Menschen von Viren besessen waren und willenlos alles bekämpften, was noch am Leben war.

Rike und Sonja hatten mittlerweile den Tempel erreicht. Sie versuchten erst gar nicht, die Tür aufzubrechen. Stattdessen trat Sonja mit einem seitlich gestoßenen Fußtritt aus dem Karate eines der Buntglasfenster ein. Da sie wie immer ihre dicken Einsatzstiefel trug und den Fuß, wie es bei ihrer Kampfsportart üblich war, blitzschnell zurückzog, konnten die fallenden Scherben sie nicht verletzen. Das Fenster, das den Engel Michael über dem Drachen zeigte, zerbarst in tausend Stücke. In dem Moment sahen die beiden Polizistinnen Gabriel und eine ihnen unbekannte junge Frau auf dem Podium. Gabriel hielt die LKA-Beamtin mit sehr viel Kraft nach unten, während Myra mit einem bereits blutigen Dolch über ihr kniete. Bevor sie auch nur die Chance hatte, ein weiteres Mal zuzustechen, schoss Rike und erwischte wie durch ein Wunder den Dolch. Das eigenartige Messer flog aus ihrer Hand und knallte nach hinten gegen eine Wand. In dem Moment sprang Gabriel Green auf und verschwand im hinteren Teil des Tempels.

»Rike, kümmere dich um Marett, ich nehme mir diese Hexe vor«, sagte Sonja. Doch bereits in der Sekunde hatte Myra Anlauf genommen und sprang nun von der Bühne. Sie sah aus wie Bruce Lee, als sie in einem fliegenden Sprungkick, dem Yoko-Tobi-Geri, wie er im Karate genannt wurde, durch die Luft flog. Sie erwischte Sonja, die so schnell wie möglich reagiert hatte, nur an der Schulter anstatt am Kopf. Zum Glück, denn wäre Sonja kampfunerfahren gewesen, dann hätte ihr dieser Tritt das Genick brechen können. Damit war klar: Diese Frau ging aufs Ganze, und bei der Perfektion ihres Sprungkicks war sie eindeutig eine Martial-Arts-Kämpferin. Es würde ein Kampf auf Leben und Tod.

Sonja taumelte lediglich etwas angeschlagen rückwärts und durchbrach die zweite Hälfte der Türbuntglasscheibe. Dieses Mal ging der Erzengel Gabriel zu Bruch und Sonja landete draußen auf ihrem Hintern. Auch wenn Sonja sich nicht an den Scherben verletzt hatte, blieb ihr kaum Zeit, sich aufzurappeln, denn Myra stürmte hinter ihr her. Allein von der Art, wie sie sich bewegte, sah die Kommissarin, dass sie mindestens einen Dan im Kung-Fu oder Karate hatte. Sie hoffte auf Karate, denn dann war Sonja ihr ebenbürtig. Manche Dinge, die erfahrene Kung-Fu-Kämpfer machten, waren hingegen selbst für die deutsche Polizei-Karate-Vizemeisterin zu abgedreht.

Immer noch taten sich die sechs Männer schwer damit, die durchgedrehten Anhänger abzuwehren. Faber hatte einen schmerzhaften Biss am Unterarm abbekommen, und ein blutiger Kratzer zog sich über seine Wange. Daher waren mittlerweile alle Hemmungen bei ihm gefallen und er schlug bei den Frauen genauso hart zu wie bei den Männern. Der Erste Hauptkommissar war sich bei dieser irren Energie und dem Kampfgeschrei, das die Anhänger der Engelssekte vom Stapel ließen, sicher, dass wirklich eine Droge im Spiel war. Etwas, das aggressiv machte und Schmerzen verdrängte. Denn trotz gebrochener Nasen und so manchen Kieferbruchs setzten einige ihre Attacken unbeirrt fort. *Flex ist sogar übler als Meth*, dachte der Kommissar kurz und trat einem der Männer seitlich ins Knie, sodass er heulend hinfiel.

Trotz des Knochenbruchs versuchte auch dieser Jünger wieder aufzustehen, was ihm jedoch nicht gelang. Daher robbte er auf Faber zu. Die ganze Szene wirkte irreal. Der Innenhof der Kolonie glich dem Schlachtfeld einer futuristischen Dystopie.

Mittlerweile war Sonja in Kampfstellung. Adrenalin jagte durch ihren Körper, sodass sie die verletzte Schulter kaum wahrnahm. Das körpereigene Hormon wirkte in solchen Fällen ähnlich wie das chemische Zeug, auf dem die Engelsanwärter waren. Myra ging sehr gezielt vor, infolgedessen Sonja erst einmal nur Abwehrtechniken an den Tag legen konnte. Sie arbeitete wie eine Maschine und blendete alles um sich herum aus. Die Kommissarin konzentrierte sich ausschließlich auf ihre Gegnerin. Schnell bemerkte sie kleine Fehler, aber auch, wenn sie einmal einen Tritt oder Schlag landen konnte, erkannte sie Myras nachlassende Reaktion. Außerdem schützte ihre Gegnerin ihren Bauchbereich viel zu stark und machte sich damit unbeweglicher. Das verzerrte Gesicht und die irren, Funken sprühenden Augen ließen Sonja vermuten, dass auch die Vertraute Gabriels unter Drogen stand. *Das ist meine Chance*, sagte Sonja zu sich selbst. Sie änderte ihre Taktik und verteidigte sich nur noch, ließ Myra die Arbeit machen und schonte ihre Kräfte.

Angriffe beim Karate waren wesentlich anstrengender als die Verteidigung, bei der sehr oft bloß die auftretende Energie umgeleitet wurde. Denn das Karate war immer eine Verteidigungsart, deren Meister sie oft als Helfer der Gerechtigkeit rühmten. Und so bemerkte Sonja bereits nach einigen Minuten heftigen Schlagabtausches, dass Myras Angriffe langsamer wurden, die Ermüdungserscheinungen zeigten sich endlich. Und das war ihr Moment. Sie ging zur Attacke über.

Rike beugte sich derweil über Marett. Sie blutete aus einer Wunde an der Hüfte, wo wahrscheinlich dieser Dolch sie verletzt hatte. Auch wenn ihre Angreiferin auf ihren Bauch oder ihr Herz gezielt hatte, war Marett wohl in der Lage gewesen, sich zu wehren. Daher hatte der erste Stich lediglich ihre Seite erwischt. *Hoffentlich hat man weder den Darm noch ein anderes Organ getroffen*, dachte Rike. »Der Krankenwagen ist unterwegs,

Marett, keine Sorge«, versuchte Rike sie zu beruhigen, nachdem sie per Telefon gleich mehrere Ambulanzen angefordert hatte.

Marett sah sie jedoch sehr klar an und meinte: »Folge ihm, er haut durch den Hinterausgang des Tempels ab. Dieser Mistkerl darf nicht entkommen.« Rike ließ sich das nicht zweimal sagen, nahm Maretts Hand und drückte sie auf die Wunde, dann rannte sie in den hinteren Teil des Tempels.

***

Endlich blieben die meisten der Engelsanwärter einfach auf dem Boden liegen. Der Rest, der sich noch bewegen konnte, flüchtete in alle Himmelsrichtungen. Hühner flatterten aufgeregt herum, die Pferde konnten sich in der Koppel nur schwer beruhigen und selbst Schafe blökten laut. Jetzt hatte sich die Kolonie in ein mittelalterliches Schlachtfeld verwandelt. Blutende, zum Teil bewusstlose Menschen lagen im Innenhof herum, und jene, die bei Sinnen waren, stöhnten oder knurrten vor sich hin. Faber stützte sich erschöpft auf seine Oberschenkel und atmete tief durch. Er, Philipp, John, Tamme und auch seine zwei Polizeimeister hatten deutliche Blessuren aufzuweisen. Blutende Lippen, Bisse und Kratzer zierten ihre Gesichter und Arme. Bei Philipp zeichnete sich schon jetzt ein gewaltiges blaues Auge ab.

Die Einzigen, die momentan weiterhin verbissen aufeinander einprügelten, waren zwei Personen: Sonja und Myra. Sonjas Schläge und Tritte trafen immer zielsicherer, weil Myra durch die Droge unkonzentriert war und immer aggressiver wurde. Eine Einstellung, die beim Martial Arts nie half. So rannte sie plötzlich völlig unkoordiniert auf Sonja zu und landete mit ihrer Nase direkt im Handballen von Sonjas ausgestrecktem Arm. Mit einem lauten Knirschen brach Myras Nase, was von einem Geheul begleitet wurde, das mehr an ein Tier als an einen Menschen erinnerte. Sofort setzte Sonja ohne Gnade nach und trat gegen Myras Gesicht. Sie hatte es auf ihre Augenbraue abgesehen und verfehlte ihr Ziel dieses Mal nicht. Blut spritzte und lief der Furie in die Augen. Die Augenbraue war beim Boxen ein beliebtes Ziel wegen des Blutflusses. Wenn die Augen blutverschmiert waren oder Augenlider anschwollen, war ein Kampf meist gewonnen.

Als John Sonja zu Hilfe kommen wollte, hielt Tamme ihn zurück. »Sonja hat das im Griff, lass gut sein, John«, meinte er und packte seinen Unterarm. Das war der Moment, in dem Myra einen letzten blinden Ausfall wagte. Doch Sonja trat ihr die Füße weg. Als ihre verrückte Gegnerin immer noch nicht genug hatte und wieder aufstehen wollte, um nach der Kommissarin zu greifen, ließ ein letzter Fußtritt gegen Myras Knöchel die Frau ein für alle Mal zu Boden gehen. Das Sprunggelenk hatte sich bei dem Tritt unnatürlich verdreht und gefährlich geknirscht. In dem Moment verabschiedete sich Myra vor lauter Schmerzen und verlor das Bewusstsein. Trotz der Drogen war das wohl auch besser für sie. Denn die Bänder waren bestimmt gerissen und wahrscheinlich ihr Fußgelenk zersplittert.

Tamme ging zu der schwankenden Sonja und legte den Arm um sie. Dankbar stützte sie sich bei dem Wikinger ab. »Gut gemacht, meine Amazone. Selbst eine Karatemeisterin auf Meth hat keine Chance gegen dich!« Kaum hatte er das ausgesprochen, ertönte ein Schuss aus dem Inneren des Tempels. Kurz darauf war ein zweiter Schuss zu hören.

Faber rannte los und schrie dabei: »Um Gottes willen, Rike!«

Rike war mit gezogener Waffe direkt zum hinteren Bereich des Tempels gelaufen. Sie hörte, wie das zweite Türfenster zu Bruch ging, und hoffte, Sonja ging es gut, denn Zeit, sich umzudrehen, hatte sie nicht. Das Stöhnen der kämpfenden Frauen wurde leiser, da es außerhalb des Tempels weiterging. In dem Moment konnte Rike das Gebrüll draußen hören und hoffte, dass ihr Mann und ihre Freunde diesen Wahnsinnigen gewachsen waren. Endlich erreichte sie eine Tür, die aussah, als ginge sie in einen weiteren Raum, diese war jedoch verschlossen. Rike versuchte ihr Möglichstes, die Tür aufzubekommen, bis sie nach reichlicher Überlegung auf das Schloss feuerte. Danach konnte sie die Tür aufdrücken. Mit dem Anblick, der sich ihr bot, hatte sie nicht gerechnet.

Die zwei geifernden Rottweiler standen mit gefletschten Zähnen vor ihr und warteten nur auf den Moment, in dem sie angreifen konnten. Die beiden Tiere sahen genauso durchgedreht aus wie ihr Besitzer. Rike verabscheute es, Menschen und Tieren wehzutun, in dem Moment jedoch ging es um ihr Leben. In der Sekunde griff die eine Ausgeburt der Hölle an. Daher drehte Rike sich blitzschnell zur Seite und schoss. Sie erwischte wie geplant den einen der beiden bulligen Hunde am Ohr. Ein schrilles Schmerzensjaulen war zu hören, denn gerade die Ohren von Hunden waren sehr empfindlich. Die Kugel hatte ihm das linke Ohr ein wenig zerfetzt, sodass der Hund ordentlich blutete. Sofort hörte das Tier mit dem Knurren auf, fiepte und winselte vor Schmerz. Dann fing es an zu rennen, als wäre der Teufel selbst hinter ihm her. Der Hund ignorierte Rike und suchte das Weite durch den Haupteingang. Diese Reaktion irritierte den zweiten Rottweiler über alle Maßen. Anstatt Rike weiter zu bedrohen, zögerte er nicht lange und folgte seinem verletzten Kumpel wie ein geölter Blitz. *Tiere sind so viel klüger als Menschen*, dachte die Kommissarin in dem Moment und atmete tief aus.

Bei Fabers Versuch, in den Tempel zu rennen, wurde er fast von den fliehenden Rottweilern umgerissen. Als er endlich in dem dahinterliegenden Büro ankam, sah er, wie Rike aus dem Fenster blickte. Gabriel rannte über die Felder und suchte das Weite.

Als sie wieder zurück in den Innenhof kamen, war John gerade dabei, eines der Pferde zu satteln, das an der Koppel festgemacht war. »Moment, John, was hast du vor?«, fragte Faber. Im Hintergrund waren bereits die herannahenden Martinshörner der Polizeiverstärkung und der Krankenwagen zu hören, die Tamme zusätzlich angefordert hatte.

»Was wohl?«, meinte er, als er fest im Sattel saß und sich den aufgerollten Strick vom Pfosten nahm. »Ich kauf mir das Schwein«, sagte er und nickte in Richtung des fliehenden Gabriels.

»Den kriegen wir über kurz oder lang«, versuchte Faber dem Amerikaner zu sagen, doch in dem Moment galoppierte John bereits raus aufs Feld und übersprang den ersten Schloot. Die

Emder Polizeibeamten staunten nicht schlecht, wie der alte Mann auf dem Pferd agierte. Faber war selbst ein versierter Reiter, aber auf dem noch nassen, matschigen Feld hätte er sich nicht getraut, solch ein Tempo vorzulegen. Später bereute Philipp, dass er das Ganze nicht mit seinem Handy gefilmt hatte, denn die Geschichte, wie der Cowboy den Möchtegernerzengel Gabriel einfing, wurde auf dem Revier in Emden legendär.

Kaum war John in der Nähe des rennenden Mannes angekommen, schwang er das Seil über seinem Kopf wie ein Lasso, und im nächsten Moment war Gabriel darin gefangen und flog mit Karacho in den nassen Matsch. John zögerte nicht, stieg ab und verschnürte den Mann wie ein zu brandmarkendes Kalb. Dann schmiss er ihn vor sich übers Pferd und trabte in aller Seelenruhe zur Kolonie zurück.

Die Mannschaften der drei Einsatzwagen und auch die der beiden Krankenwagen, welche mittlerweile in der Kolonie angekommen waren, staunten nicht schlecht. »Wat is denn hier passert?«, fragte der Notarzt aus Emden, der schon lange ein Auge auf Sonja geworfen hatte. »Dat keekt ja ut, as of dat ne Massklopperee was!«, fügte er an. *Damit hatte der Doktor einen guten Punkt gemacht, eine Massenschlägerei ist es ja auch gewesen*, dachte Faber und spürte mittlerweile seinen geschundenen Körper. In dem Moment entdeckte der Doktor Sonja. »Un du mittenmank«, meinte er vorwurfsvoll und sah sich ihre blaue Wange an.

»Heel und dall unschöldig!«, erwiderte Sonja nur und ließ sich von dem Arzt in den Arm nehmen. Dadurch war für die Kollegen endlich geklärt, ob die beiden denn nun ein Verhältnis hatten oder nicht. Das hatten sie, so liebevoll, wie er sie umarmte.

Mittlerweile kam John mit dem gefesselten Gabriel auf dem Pferd angetrabt. Er machte vor Faber halt und schmiss Gabriel recht unsanft vom Gaul. »Da muss das Rindvieh schon früher aufstehen, um einem Texaner zu entkommen«, sagte er stolz. John stieg ebenfalls vom Pferd, das sichtlich erleichtert schien, seinen Reiter loszuwerden. Es war ein in die Jahre gekommener robuster, muskulöser Alt-Oldenburger, aber kein Rodeo-Pferd, zu dem John es gerade gemacht hatte. Wahrscheinlich wunderte sich der Wallach selbst darüber, was gerade mit ihm passiert war, und ließ ein missbilligendes Schnauben hören.

Philipp rieb sich die Hände und grinste glücklich. »Das war mal ein Polizeieinsatz, wie ich ihn liebe. Schlägerei, Kung-Fu, Schießerei, Höllenhunde und ein Rodeo«, kriegte er sich vor lauter Glück gar nicht mehr ein.

John sah ihn zweifelnd an und meinte dann an Faber gewandt: »Philipp is crazy as Larrabee's calf!«

»Soso«, meinte Faber und dachte: *Verrückt wie Larrabees Kalb?* Er schüttelte den Kopf und sparte es sich, seine weiteren Gedanken auszusprechen. *Eher doch wie eine ganze Rinderherde, aber da gebt ihr beide euch nichts.*

***

Als Georg Mitschrei mit zwei weiteren Wagen des Landeskriminalamts bei der Kolonie ankam, waren die Sanitäter gerade damit fertig, die Leichtverletzten zu versorgen. Auch die Emder Beamten hatten Pflaster im Gesicht und Verbände an den Armen. Vorsichtshalber waren die Engelsanwärter erst einmal ins Krankenhaus gebracht worden. Einigen musste der Kiefer gerichtet und die gebrochene Nase eingerenkt werden. Darüber hinaus sollte festgestellt werden, welche Drogen ihnen wirklich verabreicht worden waren, denn einige von ihnen waren immer noch auf einem Gewalttrip und nur schwer zu bändigen. Außerdem würde die Blutuntersuchung nicht nur eine Aussage über die Droge geben. Auch wenn die gebissenen Polizisten nicht davon ausgingen, so musste doch eindeutig geklärt werden, dass keiner von den Jüngern Aids oder Hepatitis hatte. Denn der Biss eines Menschen war in der Hinsicht nicht zu unterschätzen.

Wenigstens hatte Tamme Lilu nicht skalpiert. Der abgerissene Zopf enthielt weder Kopfhaut noch Haaransatz, sondern war in Höhe der Schulter abgetrennt worden. Und das wies definitiv auf eine Haarverlängerung hin. Die LKA-Beamtin, die sich Marett nannte, war bereits mit der ersten Ambulanz ins Hospital gekommen. Doktor Maynard vermutete, dass bei dem Stich kein Organ verletzt wurde. Dennoch brauchte sie eine gründliche Desinfektion und vielleicht zwei Stiche, um die Wunde zu nähen. Dieser Engelsdolch verursachte nur kleine Eintrittswunden, und wenn er eine harmlose Stelle traf, hinterließ er eher ein Loch wie bei einer Endoskopie.

»Mensch, Faber, du siehst ja scheiße aus«, bemerkte Georg Mitschrei, als er den Ersten Hauptkommissar endlich gefunden hatte. Er saß auf einer Obstkiste an der Koppel und betrachtete das Gewusel in der Kolonie. Wie es seiner Undercover-Beamtin ging, hatte Georg schon von den Sanitätern erfahren.

»Schlag du dich mal mit dreißig Möchtegernengeln auf Meth. Das war eine Zombieattacke«, war das Erste, was Faber sagte. Dann jedoch kräuselte er die Stirn. »Wie wäre es mit einem Dankeschön, dass ich das Leben deiner Mitarbeiterin gerettet habe? Erzähl mir mal lieber, wie Gabriel und seine Schergen von Marett Wind bekommen haben.«

Mitschrei kratzte sich am Kopf, eine Geste, die er sich nie abgewöhnen konnte, wenn er überfragt war. »Das möchte ich auch gerne wissen. Als Marett uns mitten in der Nacht anrief, war alles noch in bester Ordnung. Unsere Kontaktperson beim FBI wurde darüber informiert, was Marett mit angehört hatte«, sagte er fast wie zu sich selbst. »Moment«, stoppte er plötzlich, als wäre ihm ein Licht aufgegangen. »Die haben doch nicht in den Staaten auf eigene Faust die Kolonie in Cambridge gefilzt, ohne das mit uns abzusprechen?«, fragte er sich selbst.

»Würde mich bei den Amis nicht wundern. Wenn die eine Razzia vorgenommen haben, dann wurde Gabriel von seinen Leuten in den Staaten angerufen und gewarnt. Er muss Marett bereits im Auge gehabt haben und wusste, dass er und seine Anhänger nicht entkommen konnten. Nur dieser Robert war schon mit den Papieren unterwegs und hatte keine Ahnung, was passierte. Habt ihr den Kerl überhaupt erwischt?«

Georg winkte ab. »Ja klar. Und danke, dass ihr sofort hierhergefahren seid. Wer weiß, ob Marett noch leben würde, wenn ihr zu spät gekommen wärt.«

»Wenn ich ehrlich bin, war es in letzter Minute. Wahrscheinlich wäre sie sonst tot. Sie lag bereits im Tempel, und Gabriels Liebchen, diese Xanthippe, war bereits mit dem Dolch über Marett, als Sonja und Rike intervenierten. Aber zurück zum FBI. Warum rufst du deine Buddys in den Staaten nicht mal an und fragst, was zur Hölle bei denen los ist? Und wenn sie was unternommen haben, warum wir nicht informiert wurden«, schlug Faber vor.

Eigentlich konnte sich der Erste Hauptkommissar des LKA solch einen Dilettantismus beim FBI nicht vorstellen. Aber was wusste er schon von den Amerikanern, die sich in letzter Zeit ganz allgemein wie Außerirdische benahmen. Faber wusste sehr schnell, wie der Hase lief, als er Georg das Wort »Fuck« sagen hörte. »Are you out of your mind, not to inform us? We had a person undercover, she was nearly killed because of you ignorance!«, schrie er ins Handy und drückte das Gespräch weg.

Nachdem er aufgelegt hatte, meinte Faber: »Die haben gar nicht an uns gedacht, richtig?«

»Verflucht noch mal, nein. Es gab wirklich eine Razzia in der Kolonie in Cambridge. Und es kam beim FBI niemand auf die Idee, uns vorzuwarnen. Als das FBI von uns hörte, dass ein großer Geldtransfer aller Kontenguthaben auf ein Offshore-Account laufen sollte und man in der Kolonie eine Leiche hatte, die entsorgt werden musste, haben die scheinbar gar nicht mehr gedacht«, erklärte Mitschrei sein kurzes Gespräch. »Mannomann, jetzt wundert mich die Geschichte in Waco nicht mehr. Bei dem Verein weiß der Hintern nicht, was die Hand macht!«

In dem Moment klingelte wieder Georgs Handy. »Ah, das ist wohl der Boss von meinem FBI-Kontakt«, sagte er. »Mitschrei«, meldete er sich dann sauer und hörte zu. Das Nächste, was er sagte, war: »You should be damn sorry, we nearly lost an LKA agent from our team. That's what I call mismanagement«, meinte Mitschrei. Dann rollte er die Augen, anscheinend entschuldigte sich da jemand auf der anderen Seite des Großen Teichs.

Rike, die von allen als Einzige unverletzt war, hatte sich erst einmal um ihr Team gekümmert. Außerdem hatte sie eine Hundestaffel angefordert, die die ausgebüxten Rottweiler suchen musste. Niemand wusste, wie das verletzte und verschreckte Tier bei anderen Menschen reagieren würde. Jetzt kam sie zu Faber und quetschte sich neben ihn auf die Obstkiste. »Na, mein Held, wie geht es dir?«

»Als hätte ich mich geschlagen und als ob ich gebissen wurde«, antwortete er. »Wie sieht es bei den anderen aus?«

»Alles gut, selbst Sonjas Schulter ist bloß geprellt. Alle haben nur kleinere Blessuren, die einige von uns mit sehr viel Stolz zur Schau tragen«, meinte sie und nickte in Richtung Philipp, der mit seinem blauen Auge die Sanitäter eher unterstützte, als dass sich jemand um ihn kümmerte. »Wieso ist das passiert, warum ist Marett aufgeflogen?«

Faber zuckte mit den Schultern und zeigte auf Georg, der gerade aufgehört hatte zu telefonieren. »Nicht zu fassen, ich kann es kaum glauben. Nachdem wir das FBI informierten, sah niemand die Notwendigkeit, uns von der geplanten Razzia zu unterrichten. Man befürchtete, es könnte was durchsickern. Außerdem ging wohl keiner davon aus, dass jemand von der Sekte in Cambridge Gabriel anrufen würde, sobald das FBI die Kolonie dort stürmte. Germany ist ja weit weg«, meinte der LKA-Mann höhnisch. »Wahrscheinlich denken die, in Ostfriesland funktionieren keine Handys. Dass wir noch auf Trommeln hauen oder Rauchzeichen machen, um uns zu verständigen.« Er atmete tief durch. »Immerhin hat er sich tausend Mal entschuldigt. Es wird von der amerikanischen Seite eine offizielle Belobigung für uns alle erfolgen«, meinte er etwas besänftigt.

»Haben die bei der Razzia wenigstens irgendwas gefunden?«, fragte Rike neugierig geworden. »Ich hoffe, dass Marett nicht umsonst den Dolchstich über sich ergehen lassen musste.«

Georg Mitschrei nickte. »Ach, unsere Marett heißt in Wirklichkeit Ulrike Wiesner, auch Ulli genannt. Und um auf deine Frage zurückzukommen. Oh ja, meine liebe Rike, die haben bei der Engelssekte so einiges gefunden. Rauschgift, einen Toten, zwei Anhänger, die man gegen ihren Willen dort in Fesseln hielt, und jede Menge Identitätskarten, Sozialversicherungskarten und Führerscheine. Das waren alles Papiere von Leuten, die bei der Razzia nicht angetroffen wurden. Ich muss dem zuständigen Agenten jetzt zum Abgleich eine Liste unserer Jünger schicken. Doch er meinte, es sind mehr als zwanzig vermisste Personen. Das FBI rechnet damit, dass diese Menschen ermordet wurden. Der Tote, der in Cambridge lag, wurde ebenfalls mit solch einem rituellen Dolch erstochen. Anscheinend wurde mit abtrünnigen oder anstrengenden Mitgliedern kurzer Prozess gemacht.«

»Und was ist mit den Konten?«, fragte Faber ihn.

»Da reden wir von einem Vermögen in Millionenhöhe. Dadurch, dass der Offshore-Transfer noch nicht ausgeführt wurde, ist das Geld weiterhin in den USA. Die Informationen über die Offshore-Konten und Immobilien hatte Robert bei sich, um sie in Sicherheit zu bringen. Wer weiß, ob Gabriel sich nicht auch irgendwann aus dem Staub gemacht hätte. Aber ihr wart schneller, als er erwartet hat. Alles in allem, wenn man sich sein Vermögen betrachtet, war Gabriel in den Jahren ziemlich fleißig.«

»So ein verdammter Gauner. Und, wollte er sich in irgendein Steuerparadies absetzen? Auf die Cayman Islands zum Beispiel?«, wollte Rike noch wissen.

Mitschrei kratzte sich wieder am Kopf. »Das ist es ja gerade, anscheinend ist dem nicht so. Das FBI fand Aufzeichnungen von weiteren geplanten Kolonien, in Südamerika und auch anderen europäischen Ländern. Nachdem der Pilot in Deutschland derart gut geklappt hatte, plante Gabriel Green eine zweite Siedlung in Bayern. Wie es scheint, ging es Gabriel nicht nur um Geld. Man fand in Cambridge auch eine Art Bibel, in der Gabriel ihren Engelsglauben aufgezeichnet hat. Er hielt sich wirklich für den Erzengel Gabriel, der ein Heer Engel rekrutieren sollte für den Jüngsten Tag. Gemäß des FBI hat Gabriel die Apokalypse 2050 erwartet. Ziel war es wohl, so viele Engel zu rekrutieren wie möglich und vor allem Engelskinder zu zeugen. Das FBI hat in der Kolonie in den USA neun Kleinkinder und Babys gefunden, allesamt Gabriels Kinder. Engelskinder!«, höhnte er.

»Und wie wir mittlerweile von den Ärzten in Marienhafe wissen, waren drei Frauen hier ebenfalls schwanger. Vermutlich auch von diesem Kerl, diesem Green«, fügte Rike an.

»Herr im Himmel, dann hat Gabriel Green das alles wirklich geglaubt? Und der Angriff der Mitglieder auf uns war vergleichbar mit dem Kampf der Engel gegen die Teufel?«, fragte sich Faber laut.

»So was Ähnliches hat dieser Robert gebrabbelt. Darum hat Gabriel seine Leute auf Methylendioxypyrovaleron, kurz MDPV, umgangssprachlich Flex, gebracht. Meine Leute haben das Zeug gerade im Tempel gefunden und jetzt suchen wir nach mehr. Es ist kein Meth, wie du es vorhin angedeutet hast. Das Zeug ist schlimmer, wenn so was überhaupt möglich ist. Es wurde anscheinend in kleinen Mengen täglich verabreicht, weil es Psychosen auslöst und seinen Engelswahn realistischer machte. Und was seine kämpfende Engelsstreitmacht angeht, wusste er, dass nach der Razzia in den Staaten die Polizei sehr schnell auch in Marienhafe sein würde. Daher hat er es die Leute rauchen lassen. Wir fanden den Vaporizer im Tempel. Alle hatten eine gehörige Dosis von dem Zeug intus, was sehr aggressiv macht und Schmerzen dämpft. Darum sind die wie die Zombies auf euch losgegangen«, erklärte der LKA-Beamte. »Wenn du jemandem den Kiefer brichst und der ist unempfindlich gegen Schmerzen, dann steht der wieder auf und kloppt sich weiter!«

In dem Moment kam Philipp zu ihnen. Er hatte immer noch das blöde Grinsen im Gesicht. »Na, wenigstens ist einer von euch glücklich, wenn ich den Ausdruck richtig interpretiere«, meinte Mitschrei und schmunzelte über Doktor Schorlau.

»Veni, vidi, vici! Oder um es für euch Nichtlateiner klarer zu machen, sage ich nur: Die Macht war mit uns!« Ein Zitat aus den berühmten Star-Wars-Filmen, das Philipp nur ein bisschen angepasst hatte. Dabei wedelte er mit einem unsichtbaren Jedi-Laserschwert und machte die entsprechenden Geräusche dazu.

***

Die nächsten Tage zogen sich etwas zäh dahin. Man hatte die Mitglieder der Sekte untersucht, keiner hatte Hepatitis, AIDS oder eine andere durch Speichel oder Blut übertragbare Krankheit. Ein erleichtertes Aufatmen ging durch Fabers Team. Auch wenn die Chance gering gewesen war, so schwang ein ungutes Gefühl bei allen mit, die gebissen worden waren. Die jungen Leute der Sekte saßen mittlerweile alle erst einmal in Untersuchungshaft in Hannover. Es musste vorrangig herausgefunden werden, wer von ihnen Opfer und wer Täter war. Zwar hatten alle die Polizisten angegriffen, doch mit der Menge Drogen im Blut hätte das jedem anderen Menschen genauso passieren können. Dort in der Untersuchungshaft behandelte man auch alle wegen der Drogen. Sie waren jetzt auf Entzug, denn auch die geringen Mengen Flex pro Tag waren genug gewesen, um eine Abhängigkeit auszulösen. Die Chancen, von dem Zeug loszukommen, waren jedoch besser als bei gewöhnlichen Junkies. Denn keiner der Engelsleute hatte es aus Lust an der Wirkung genommen.

Das LKA hatte den Hauptteil der weiteren Ermittlungen übernommen. Alle Papiere wurden direkt in der Kolonie gesichtet, wo die Spurensicherung weiterhin im Einsatz war. Die Unterlagen, die man bei Robert Waterman fand, waren vorerst einmal in Gabriels Büro zurückgebracht worden. Mitschrei und Faber kümmerten sich persönlich um die Sichtung.

Die Forensiker hatten anhand der gefundenen Fingerabdrücke beweisen können, dass Chester und Christian in der Kolonie gewesen waren. Auch die LKA-Undercover-Beamtin hatte offiziell bestätigt, beide dort gesehen zu haben. Die beiden jungen Männer waren bei dem sogenannten Flügelwunder im Tempel gewesen. Kurz danach verschwand Christian. Chester verließ die Kolonie am Tag des nächtlichen Einbruchs. Bisher gab es keine Hinweise darauf, wo die beiden waren.

Das FBI hatte aus schlechtem Gewissen heraus wirkliche Lobeshymnen über Mitschrei, das LKA und auch das Emder Team weitergeleitet. Zu gerne hätten sie zwei Agents nach Deutschland geschickt, das verhinderte jedoch Mitschrei. Das war seine kleine Rache für den gefährlichen Alleingang der FBI-Agenten. Dennoch war mit dem Bundeskriminalamt vereinbart worden, dass Gabriel Green in die USA ausgeliefert werden sollte.

Bisher waren zwölf Leichen in den USA gefunden worden. Die Engelsleute hatten in den Estabrook Woods, etwa zwanzig Meilen entfernt von ihrer Kolonie in Cambridge, ein kleines Waldgrundstück gekauft. Das hatte sich das FBI näher angesehen. Seitdem gruben sie dort Leichen aus. Man rechnete mit zusätzlichen Opfern, denn die persönlichen Papiere, die man im Haupthaus der Sekte in Cambridge fand, waren noch zahlreicher. Ohne diese Papiere kam man in den USA nicht weit und es wurde vermutet, dass diese jungen Menschen ebenfalls Opfer von Gabriel waren. Man würde Gabriel in Boston den Prozess machen. Ob die Polizei in Cambridge die Morde beweisen konnte, war bisher unklar. Klar war jedoch, dass Gabriel den Auftrag zum Mord gegeben hatte. Denn immer mehr Anhänger in den USA gaben auf und redeten. Nicht ganz uneigennützig belasteten sie den Mann, um nicht selbst in den Fokus der Mordermittlungen zu geraten. Ein Mordauftrag konnte in den USA genauso hart bestraft werden wie das Ausführen eines Mordes. Und das würde für Gabriel Green eine mehrfache lebenslängliche Strafe bedeuten.

Faber und Mitschrei saßen ein paar Tage später wieder gemeinsam in Gabriels Büro und wühlten sich durch die ganzen Papiere. Faber war erstaunt, wie viele Grundbuchauszüge es auf Greens Namen gab. Ihm gehörten nicht nur das Grundstück und die Villa im Leipziger Stadtteil, sondern auch die Kolonie mit Grund und Boden in Marienhafe. Außerdem hatte er in Niederbayern, in der Nähe von Eging am See, ein beachtliches Grundstück gekauft, für das bereits eine Baugenehmigung vorlag. Aber um als Leichenentsorgungsplatz zu dienen, war es einfach zu weit weg. Es musste etwas hier in der Nähe sein, wenn er nach dem gleichen Prinzip wie in Cambridge gehandelt hatte.

Es war mal wieder Laurien, die mithilfe des Amtsgerichts ein weiteres Grundstück fand. Der Grundbuchauszug für eine Waldparzelle im Meerhusener Forst war noch in Arbeit, daher auch noch nicht verschickt. Doch das Land gehörte bereits Green. Es ging um etwa vier Hektar, wobei es sich bei dem größten Teil der

Fläche um einen kleinen See handelte. Laurien hatte sich vom Gericht eine vorläufige Bestätigung geben lassen und das Dokument an Fabers iPad geschickt. Denn ausgerechnet über diesen Landkauf war in Gabriels Büro nichts zu finden gewesen. Das ließ bei Faber die Hoffnung aufkeimen, dass man dort fündig würde. Denn für den Leichen-Entsorgungsplatz in den Estabrook Woods in Massachusetts hatte das FBI auch keine Besitzurkunde gefunden. Erst als einer der Anhänger davon sprach, konnte beim Register der Eintrag entdeckt werden.

»Georg, wofür braucht Gabriel ein Waldgrundstück mit See?«, fragte Faber laut und sah sich auf seinem Laptop den Flecken via Google Maps an.

»Zum Schwimmen bestimmt nicht. Entweder ist das sein Friedhof in Deutschland oder er hat dort seinen Jüngern gezeigt, wie man übers Wasser geht«, kommentierte Mitschrei das Gesagte zynisch. »Wir sollten da mal hinfahren!«

»Denke ich auch«, stimmte Faber zu. »Es ist nur zwanzig Kilometer entfernt.«

Das ließ sich der LKA-Mann nicht zweimal sagen, denn er war es leid, in den Papieren zu stöbern. Auch Georg Mitschrei war eher ein Mann der Tat und hatte es nicht so mit Papierkram. Faber ging raus und sammelte Schorlau ein, der mittlerweile mit seinem Team hier arbeitete. Philipp schälte sich aus seinem Spurensicherungsanzug und auf Anweisung seines Freundes nahm er seinen Forensik-Koffer mit. Selbst er schien froh über eine Abwechslung.

Innerhalb von zwanzig Minuten standen sie vor einem eingezäunten Grundstück. Es handelte sich zwar lediglich um einen Metallzaun, der jedoch oben mit Stacheldraht gesichert war. Das Waldstück war mit Sträuchern durchzogen, sodass man nicht sehr viel vom Inneren sah. Kurzerhand holte Faber den Bolzenschneider aus dem Kofferraum und knackte das Kettenschloss der Einfahrt. An dem Tor war nicht bloß ein Schild, welches das Gebiet als Privatgrundstück auszeichnete. Es gab ebenfalls einen Hinweis auf eine Kameraüberwachung, verbunden mit der Ankündigung, unbefugtes Betreten zur Anzeige zu bringen.

»Heftige Sicherheitsmaßnahmen für ein so abgelegenes Areal«, meinte Faber. Sie fuhren den kurzen Weg weiter, bis sie zu einem unbefestigten kleinen Parkplatz kamen. Er befand sich neben einer Fischerhütte, die direkt mit einem langen Steg in den See reichte. Links davon gab es einen kleinen Sandstrand. Sehr einladend sah der See nicht aus. Eher morastig mit einer dunkelbraunen Farbe, wie es in Ostfriesland oft zu finden war.

»Öffne mal die Fischerhütte«, schlug Mitschrei vor. Faber musste den Bolzenschneider nur einmal ansetzen, und das Vorhängeschloss war durch. In der Hütte gab es keine Möbel, es lagen lediglich Planen, Seile und Pflastersteine in der Ecke rum. Nach hinten war eine Öffnung zum See. Man konnte das Tor an der Rückseite aufziehen und mit dem kleinen Ruderboot, das momentan in der Hütte im Wasser lag, rausrudern. Es gab nur ein schummriges Licht an den Stellen, an denen die Sonne sich auf dem Wasser spiegelte. Kleine Wellen schlugen gegen den Steg mit dem Boot und machten glucksende Geräusche. Gerade wollte Faber dort hin, als Schorlau ihn davon abhielt, weiterzugehen.

»Bleib stehen, Faber, da sind Blutspuren. Du kontaminierst sonst einen Tatort«, sagte der Doktor ruhig und wies auf den Steg. Er nahm eine Sprühflasche aus seinem Koffer und verteilte auf einen kleinen Bereich das Luminol. Da es nicht gerade hell war in der Hütte, konnte Schorlau ohne Weiteres die kleine Blaulichtlampe einschalten. Die besprühte Fläche fing sofort an bläulich zu schimmern, was eine Blutspur bestätigte. »Außerdem sieht es hier so aus, als wäre etwas zum Boot geschleift worden«, fügte Schorlau an und scheuchte die beiden Hauptkommissare wieder zum Eingang.

»Ich denke, wir haben den Friedhof der Engelssekte gefunden. Planen, Seile, Steine und ein Ruderboot. In dem See will ich lieber nicht schwimmen!«, sagte Georg.

»Na dann, ruft mal eure Taucher und bringt mein Team hierher. Wahrscheinlich finden wir am Boden des Sees die vermissten jungen Männer!«, meinte Philipp ungerührt, dabei war er keineswegs pietätlos. Aber jetzt waren die Toten keine Menschen mehr für ihn, sondern Arbeit, die es zu erledigen gab.

Epilog

Es war für Schorlau und das ganze Team eine Erleichterung, als sie am Boden des Sees nur zwei Tote fanden. Beide waren noch nicht sehr lange tot. Christian war am gleichen Tag gestorben, als er den Flughafen wieder verlassen hatte. Am Ende war es Myra, die nach zwei Wochen MDPV-Entzug den Mund aufmachte. Sie nahm es ihrem Guru, dem Vater ihres Kindes, wohl übel, dass er sie weiterhin mit Drogen gefüttert und damit langfristig dem Baby geschadet hätte. Sie wusste, dass das Zeug, das sie in dem Vaporizer eingeatmet hatten, eine Art Droge gewesen war, die alle stark und schmerzunempfindlich machte. Jedoch hatte sie keine Ahnung gehabt, dass er dem Trinkwasser ebenfalls MDPV beigemischt hatte. Jeden einzelnen Tag hatte sie eine kleine Dosis erhalten. Selbst seine nächsten Anhänger, Myra und Robert, waren nicht verschont worden. Noch nicht einmal, als Myra schwanger geworden war.

In ihrer Wut auf Gabriel berichtete sie, dass Christian absichtlich zum Flughafen gebracht worden war. Es war, wie Tamme es vermutet hatte, ein Täuschungsmanöver. Nachdem er durch die Passkontrolle war, riefen sie ihn an und versetzten ihn in helle Aufregung, indem sie behaupteten, Gabriel hätte einen Unfall gehabt. Sie fuhren mit Christian zurück Richtung Kolonie, aber nur bis zu dem Grundstück mit der Hütte am See. Dort töteten sie den völlig arglosen Christian. Bis zum ersten Hieb mit dem Engelsdolch verstand er wahrscheinlich nicht einmal genau, was passierte. Myra, die im Gegensatz zu Robert mit der Polizei redete, gab diesem die Hauptschuld an Christians Tod. Sie behauptete sogar, dass Christian bereits tot war, als sie das letzte Mal zustach. Alle anderen Verletzungen hätte er von Robert bekommen.

Leider fand man auch Chester auf dem Grund des Sees. Das war besonders tragisch, denn er hatte recht unbefangen bei der Kolonie gelebt und sich nie was zuschulden kommen lassen. Bis zu der Nacht, als sein Onkel dort einbrach. Allein die Tatsache, dass ein amerikanischer Verwandter so hartnäckig nach einem

Anwärter suchte und ihm sogar in ein anderes Land folgte, reichte Gabriel. Er befahl Chesters Tod, um keine weiteren Schwierigkeiten mit dem Ex-Cop zu bekommen. Doch dieses Mal hatte Myra nichts damit zu tun. Wie Ulli, die LKA-Undercover-Beamtin, berichtete, hatte sie gesehen, wie Robert alleine mit Chester spät abends die Kolonie mit dem Wagen der Sekte verließ. Auch wenn Robert hartnäckig schwieg, reichten die Indizien, um ihn anzuklagen. Myra und Robert hatten sich für die Morde an Chester Jefferson und Christian Fährenfell zu verantworten.

Die größte Überraschung war für die Beamten der Fall Matthias Bühlow-Sonderberg. Denn nachdem der Fall mit der angeblichen Überdosis auf Tammes und Sonjas Initiative noch einmal aufgerollt worden war und es Befragungen auf dem Campus gegeben hatte, fanden sich Zeugen. Studenten, die Phoebe Lambert zum Todeszeitpunkt von Matze dort gesehen hatten. Die junge Frau, die nach dem MDPV-Entzug ebenfalls psychologisch betreut wurde, erwachte irgendwann wie aus einem Albtraum. Sie gab zu, von Gabriel ihren Befehl bekommen zu haben, Matze zu töten, denn Matthias wollte der Kolonie schaden. Deshalb musste er sterben. Phoebe fuhr zu ihm auf den Campus, nachdem Matze an dem Nachmittag einen heftigen Streit mit Gabriel gehabt hatte. Matthias hatte Drohungen ausgesprochen, rechtliche Schritte gegen die Sekte und Green einzuleiten. Sie war mit der Todesspritze zu ihm gegangen. Phoebe erzählte Matze, dass sie die Sekte ebenfalls verlassen wolle, und sorgte dafür, dass er den Wein trank, den sie mitgebracht hatte. Darin war bereits eine Menge Flex, sodass Matze völlig neben sich stand, als sie ihm die tödliche Überdosis spritzte. Zwar hatte Phoebe Lambert unter Drogen und dem psychischen Einfluss von Gabriel Green gehandelt, dennoch hatte sie einen Mord begangen. Es war damit zu rechnen, dass ein Richter gewisse strafmildernde Fakten anerkennen würde. Doch wahrscheinlich musste sie trotz dieser mildernden Umstände einige Jahre im Gefängnis verbringen. Leonore von Zemen hatte ihre besten drei Freunde verloren. Auch wenn Phoebe noch lebte, war sie für Leni ebenfalls gestorben.

Für die schwangeren Frauen in beiden Ländern und die Mütter, die in den USA bereits Kinder von Gabriel Green auf die Welt gebracht hatten, war die Situation furchtbar. Auch wenn den jungen Frauen und den Kindern von staatlicher Seite und von den Familien geholfen wurde, stellte sich ein lebenslanges Dilemma ein, mit dem sie zurechtkommen mussten. Anstatt Kinder eines Erzengels hatten die Studentinnen jetzt Kinder von einem Mann, der Serienmorde in Auftrag gegeben hatte.

***

Mittlerweile waren drei Wochen vergangen und John hatte ausgiebig um Chester trauern können. Es waren Johns letzte Tage in Ostfriesland und in Deutschland. Seine Koffer waren gepackt und morgen am Nachmittag würde er mit seinem Mietwagen nach Frankfurt fahren. Seine Maschine ging übermorgen nach New York mit Anschluss nach Austin, Texas. Von dort hatte er weitere achtzig Meilen zu fahren, bis er in Fredericksburg ankommen würde. Es war eine lange Reise, doch er brauchte die Zeit, denn seine Schwester wusste bisher nichts von Chesters Tod. Das musste er ihr als Erstes beibringen. Da Chesters Fall noch immer bearbeitet wurde, hatte man den Leichnam nicht freigegeben. Chesters Überreste würde John später persönlich nach Hause holen, um ihn bei seiner Familie zu begraben.

Anette und Opa hatten an dem strahlenden Sommerabend zu einem kleinen Abschiedsfest in ihrem Garten eingeladen. Anette hatte die schlechte Nachricht ihrer Freundin überbracht und war ein paar Tage bei ihr geblieben. Zur Beerdigung würde sie nach Soltau reisen. Heute Abend jedoch sollte aller Kummer einmal vergessen werden. Knut und John verstanden sich mittlerweile richtig gut. Faber hatte so eine Ahnung, dass Knut John ebenfalls bald in den Staaten besuchen würde.

Tamme hatte mit seiner Frau und zusammen mit Sonja und ihrem jetzt offiziellen Doktorfreund Johann Maynard Tische und Stühle gebracht und aufgebaut. Torbens und Friedhelms Frauen sorgten für selbst gebackenes Brot, eine Ostfriesentorte und leckeren Mehlpütt mit Vanillesoße. Das hatte sich speziell John gewünscht. Ein reichhaltiger ostfriesischer Nachtisch, denn ein Mehlpütt glich Dampfnudeln oder Germknödeln mit Vanillesoße.

Knut und Anette hingegen hatten Massen von Kartoffel- und Gurkensalat vorbereitet. John hatte es sich nicht nehmen lassen, selbst die Steaks für den Grill zu besorgen. Dabei war der Chefkoch des Hotels Linde, Hinnerk, aus Marienhafe ihm kräftig zur Hand gegangen. Dieses Mal hatte er für Faber, den er nur noch ›Garden Gourmet‹ nannte, an Grillgemüse, Fisch und Garnelen gedacht. Die wollte er mit Kräutern und Knoblauch würzen und ebenfalls grillen. Während Faber mit John den Grill aufstellte, den Hinnerk ebenfalls angeliefert hatte, sorgten Rike und Lauriens Frau Mia für kalten Wein, Softgetränke und das Bier.

Auch die LKA-Beamtin Ulli aka Marett war mit ihrem Boss Georg Mitschrei aus Hannover angereist. Beide hatten sich bei Nachbarn einquartiert, die Ferienwohnungen vermieteten. Denn das Fest wollten sie alle in vollen Zügen genießen. Ulli hatte sich gut erholt und es tat nur noch weh, wenn sie lachte. Das behauptete sie jedenfalls.

Mitschrei hatte sich nicht lumpen lassen und einen schwedischen O. P. Anderson Aquavit mitgebracht. Laurien richtete das Geschirr und Besteck an und hatte bereits die Lampions im Garten aufgehängt. Der kleine Benny rannte mit Tammes fünfjähriger Tochter Maeve durch den Garten. Sie spielten mit seinen zahmen Hühnern oder fuhren mit dem elektrischen Kindertraktor, den Schorlau ihm einmal geschenkt hatte.

Tammes Frau Antje und Silvia brachten die beiden Babys drüben in Fabers Haus zu Bett. Antje war ganz verzückt über die beiden Süßen. Maximilian zeigte sich nach der langen Zeit zusammen mit Fia von seiner besten Seite. »Ach, een lüttjen Jung wie ihn, den hätte ich dieses Mal gern. Wir lassen uns nicht sagen, was es wird«, meinte Antje an Silvia gewandt und streichelte über ihren Babybauch.

Silvia kräuselte die Nase und meinte: »Sei vorsichtig, was du dir da wünschst. Der kleine Kerl kann manchmal eine unglaubliche Nervensäge sein.« Doch jetzt schlief er selig neben seiner besten

Freundin Sofia. Sie stellten das Babyfon auf und gingen runter in Knuts Garten.

Antje trank wegen ihrer Schwangerschaft nichts und würde Laurien und Mia zusammen mit ihrem eigenen Mann und ihrer Tochter nach Hause fahren. So konnten Laurien, Mia und Antjes Mann bei Bier und Wein tüchtig zulangen. Mia hatte ein Fässchen Bier gespendet, das sie gerade anzapfte. Friedhelm hatte für später einen kleinen Transit des Taxiunternehmens aus Emden vorbestellt. Mit dem würden er, Torben, Sonja, Johann und die beiden Ehefrauen der Polizeimeister nach Hause kommen. Selbst Friedhelm war fröhlich, nachdem sich gestern die Fahrerflucht aufgeklärt hatte. Der jugendliche Fahrer, der den achtjährigen Jungen verletzt hatte, war endlich aufs Revier gekommen. Voller Reue und unter Tränen hatte er gestanden. Als er hörte, dass der Kleine schon wieder recht munter und fröhlich war, konnte auch der junge Mann wieder lächeln.

Alle hatten hart an dem Angelus-Artifex-Fall gearbeitet. Nicht nur mit ihrem Grips, auch mit ihren Muskeln. Das LKA und das FBI hatten ihren Einsatz hoch gelobt. So hatte Faber nach dem durcharbeiteten Wochenende vor ein paar Wochen den morgigen Tag als Betriebsausflug deklariert. Kriminalrat Heuer hatte er etwas von einer gemeinsamen Schnitzeljagd, die das Team zusammenschweißen sollte, und dem obligatorischen Kaffee und Kuchen auf einer der ostfriesischen Inseln erzählt. Selbst in Oldenburg waren Teambuildings neuerdings schwer in Mode gekommen. Man betrachtete diese Events als absolutes Muss für die Personalentwicklung bei der Polizei. Da Fabers Team in der Kolonie bereits sportliche Betätigungen wie eine Massenschlägerei, Pferdereiten und das Hundejagen absolviert hatte, war Faber der Meinung gewesen, dieses Teambuilding ruhiger anzugehen. Intern galt die Feier heute Abend als effektivste Teamentwicklung und er hatte den Tag morgen einfach jedem seiner Leute freigegeben. So konnten sich alle gemütlich einen hinter die Binde gießen und morgen ausschlafen.

Gegen sieben Uhr waren Benny und Maeve abgefüttert und durften noch einen Zeichentrickfilm auf der Couch im Wohnzimmer sehen, bevor sie dort einfach einschliefen. Als die fast zwanzig Leute endlich mit einem leckeren Steak oder dem auf den Punkt gegrillten Fisch am Tisch saßen und sich an den Salaten gütlich taten, ihr Brot mit Knoblauchbutter bestrichen und fröhlich miteinander quatschten, stand Faber auf.

Er hielt sein Glas Wein in der Hand und sagte: »Meine lieben Freunde, und damit meine ich ebenfalls John, unseren Cowboy aus Texas, Georg, unseren LKA-Fuzzi, den wir schon lange lieben, und eine neue Freundin, Marett, die eigentlich Ulli heißt und uns allen bei dem Fall ans Herz gewachsen ist«, begann er, und hier und da war ein ›Hört, hört‹ zu vernehmen.

»Un wat is mit mien Anettchen?«, fragte Knut.

»Zählt nicht, ist Familie, wie der Rest der Band einfach Familie ist!«, machte Faber klar. »Aber weil du gerade Anette ansprichst und bevor wir zum lustigen Teil übergehen, möchte ich noch ein paar ernste Worte sagen. Wir haben es Anette zu verdanken, dass sie uns auf diesen Fall gebracht hat. Auch wenn sie und ihre liebe Freundin Christian damit nicht helfen konnten. Daher möchte ich euch bitten, auf Christian Färenfell zu trinken, der leider ein Opfer dieser Sekte wurde«, sagte der Erste Hauptkommissar. Alle erhoben ihr Glas und tranken schweigend einen Schluck. »Einen weiteren Toast in stillem Gedenken auf Chester Jefferson, den Neffen unseres Johns. Die beiden jungen, begabten Menschen mögen ihren Frieden haben, jetzt wo ihre Mörder gefasst sind. Und weil beide so an Engel geglaubt haben, wünsche ich ihnen, dass sie das Paradies mit Gott und Engeln gefunden haben.« Sie wiederholten das stille Prost und schwiegen für eine Minute.

»So und jetzt lasst uns den Kummer und die Trübsal für eine Weile vergessen, meine Lieben«, sagte Faber dann viel fröhlicher. »Es soll gefeiert werden und es soll lustig werden, darum strengt euch an. Knut hat sogar seinen ollen Schallplattenspieler rausgekramt, um uns später Tanzmusik zu unterbreiten. Wir können jedenfalls sehr stolz sein auf unsere Massenschlägerei, die Karate-Lektion, die Sonja erteilt hat, und den Schuss meiner Frau auf den Höllenhund.«

»Nicht zu vergessen, das einmalige Rodeo von John, dem Engeljäger aus Texas«, warf Schorlau ein, woraufhin jeder John ansah und Philipp rief: »Auf Cowboy John, den Engeljäger aus Texas!«

»Nu Kinners, snabuleert und suupt, bis dat ji platzt, denn Eten un Drinken hollt Liev un Seel binanner«, sagte Knut übers ganze Gesicht strahlend, gefolgt von einem lauten »Yee-haw«, das John mit seinem Krug Bier in der Hand über den Tisch rief.

ENDE

Ostfrieslandkrimi-Empfehlungen des Klarant Verlages

Kennen Sie schon die anderen Bände der Ostfrieslandkrimi-Serie **»Faber und Waatstedt ermitteln«** von Elke Nansen?

»Tödliche Krummhörn«, Band 1
Taschenbuch-ISBN: 978-3-95573-707-8
eBook-ISBN: 978-3-95573-708-5

Ein mörderischer Schleier liegt über der ostfriesischen Urlaubsregion Krummhörn. Bei Bauarbeiten wird die mumifizierte Leiche einer jungen Frau entdeckt, mehrere Jahrzehnte lag sie im Fundament des Hotels Deichrose begraben. Hauptkommissar Richard Faber und seine Kollegin Rike Waatstedt von der Kripo Emden werden mit dem Fall betraut. Wer ist die tote Frau, wurde sie ermordet? Eine Identifizierung ist nicht möglich, dennoch ergibt sich schnell ein Verdacht: Silvester 1985 verschwand die Frau des Bauunternehmers Enno Dahlke unter mysteriösen Umständen. Die Ehe war unglücklich, und genau zu dieser Zeit war die Baufirma Dahlke mit der Errichtung des Hotels Deichrose in Ostfriesland beschäftigt … Je tiefer die Kommissare in der Vergangenheit graben, desto düstere Zusammenhänge kommen ans Licht. Sie stoßen auf ein Netz aus Verzweiflung, Korruption und Gier. Die Liste der Verdächtigen wird immer länger, und der Fall mehr und mehr zum Rätsel …

»Tödliche Leyhörn«, Band 2
Taschenbuch-ISBN: 978-3-95573-784-9
eBook-ISBN: 978-3-95573-785-6

»Tödliches Ostfriesland«, Band 3
Taschenbuch-ISBN: 978-3-95573-842-6
eBook-ISBN: 978-3-95573-8-433

»Tödliches Pilsum«, Band 4
Taschenbuch-ISBN: 978-3-95573-900-3
eBook-ISBN: 978-3-95573-901-0

»Tödliches Rysum«, Band 5
Taschenbuch-ISBN: 978-3-95573-931-7
eBook-ISBN: 978-3-95573-932-4

»Tödliches Campen«, Band 6
Taschenbuch-ISBN: 978-3-96586-016-2
eBook-ISBN: 978-3-96586-017-9

»Tödliches Wangerooge«, Band 7
Taschenbuch-ISBN: 978-3-96586-077-3
eBook-ISBN: 978-3-96586-078-0

»Tödliches Fehnland«, Band 8
Taschenbuch-ISBN: 978-3-96586-149-7
eBook-ISBN: 978-3-96586-150-3

»Tödliches Wattenmeer«, Band 9
Taschenbuch-ISBN: 978-3-96586-251-7
eBook-ISBN: 978-3-96586-252-4

»Tödliches Marschland«, Band 10
Taschenbuch-ISBN: 978-3-96586-314-9
eBook-ISBN: 978-3-96586-315-6

»Tödliches Rheiderland«, Band 11
Taschenbuch-ISBN: 978-3-96586-423-8
eBook-ISBN: 978-3-96586-424-5

»Tödliches To Huus«, Band 12
Taschenbuch-ISBN: 978-3-96586-500-6
eBook-ISBN: 978-3-96586-501-3

»Tödliches Ostfriesenherz«, Band 13
Taschenbuch-ISBN: 978-3-96586-600-3
eBook-ISBN: 978-3-96586-601-0

»Tödlicher Ostfriesenschwindel«, Band 14
Taschenbuch-ISBN: 978-3-96586-747-5
eBook-ISBN: 978-3-96586-748-2

»Tödliches Ostfriesengold«, Band 15
Taschenbuch-ISBN: 978-3-96586-821-2
eBook-ISBN: 978-3-96586-822-9

»Tödliche Ostfriesengeister«, Band 16
Taschenbuch-ISBN: 978-3-96586-894-6
eBook-ISBN: 978-3-96586-895-3

»Tödlicher Ostfriesenschmaus«, Band 17
Taschenbuch-ISBN: 978-3-96586-982-0
eBook-ISBN: 978-3-96586-983-7

»Tödliche ostfriesische Ferien«, Band 18
Taschenbuch-ISBN: 978-3-68975-113-5
eBook-ISBN: 978-3-68975-114-2

»Tödlicher Irrglaube in Ostfriesland«, Band 19
Taschenbuch-ISBN: 978-3-68975-284-2
eBook-ISBN: 978-3-68975-285-9